パステル魔女《まじょ》と オニたいじ

槗立悦子／作・絵

これは物語世界の「戦争と平和」だ

一寸法師《いっすんぼうし》とオニたいじ

松丸《まつまる》　数夫《かずお》

あのおとぎ話の一寸法師《いっすんぼうし》が現代によみがえる。

やさしく美しい姫君《ひめぎみ》をともなって、名前を「たけし」と「ゆう」。

さまざまな悪がこの世にはびこる。悪に見えない悪、意図的《いとてき》な悪、そして自分でも意識できない悪、その悪を「鬼《おに》」という。

たけしとゆうの挑戦《ちょうせん》がはじまる。

この戦いは武器も弾薬《だんやく》も薬品も使わない。相手を死滅《しめつ》させることもない。外から眺《なが》めてこの戦争がいつどこで行われているかわからない。だが戦いは日々苛烈化《ひびかれつか》していく。

たけしは悪の本拠《ほんきょ》に超微粒子《ちょうびりゅうし》となって飛んで行き、オニと論戦《ろんせん》をする。その戦いぶりののどかさやユーモアが楽しい。

わき役のエッちゃんやネコのジンの会話がゆかいな興奮《こうふん》と情熱をかき立てる。筆者の想像力の豊かさ、考えることの楽しさが充分《じゅうぶん》味わえる物語である。

この物語は、かなり長文である。もし最後まで読み通せたら第一級の読書家であろう。やがてわかっていることがわかる面白さ、考えを重ねる楽しさ、そして人間の文化を発展させる基本は未来志向《しこう》であることに気づくでしょう。

最近出版されたこの作者による『心のものさし―うちの校長先生―』（日本図書館協会推薦図書）とあわせて読んでほしいと思う。

もくじ

◆一寸法師《いっすんぼうし》とオニたいじ
これは物語世界の「戦争と平和」だ
松丸数夫《まつまるかずお》

♠ プロローグ

プロローグ

わたしは二度死んだ
青空をひらひらとんでいた時
くもの巣にかかった
とうめいな糸が見えなかった
くもはわたしの体をぐるぐるまいて
おいしそうに食べた

555年たって、また生まれた

♠ プロローグ

花だんのすみで巣をつくっている時
チョウチョウがかかった
「あさごはんだ!」
わたしはえものをぐるぐるまきにして
食べようとした瞬間《しゅんかん》人間にふみつけられた

555年たって、また生まれた
ひらひら飛んでいた記憶《きおく》と
巣をつくっていた記憶《きおく》がいりまじり
今度はこうして考えている
ああ明日《あした》の命《いのち》の心配をしないで
自分《じぶん》のゆめに挑戦《ちょうせん》できますように

わたしの魂《たましい》は生き続ける
次の魂《たましい》のきぐるみはなんだろう?
漫画家《まんがか》、大工《だいく》さん、警察官《けいさつかん》?
それとも看護師《かんごし》、総理大臣《そうりだいじん》?
そうね　何でもいいけれど
悲しみの涙《なみだ》にくれませんように
こころから笑《わら》えますように

1　三本あしのハムスター

クリスマスも近い、ある日の土曜日、エッちゃんが、戸口《とぐち》でほうきの手入れをしていると、ゆうびんやさんの赤い自転車《じてんしゃ》が家の前で止まりました。くまのような大きいからだをゆらゆらさせ額《ひたい》のあせをぬぐうと、黒いかばんから一通の手紙をとりだして、

「魔女《まじょ》さん、はいゆうびんです。」

といってわたしました。ふうとうには、クリスマスツリーの絵がかいてあります。

ゆうびんやさんは、エッちゃんを『魔女《まじょ》さん』とよびました。けれども、ほんものの魔女《まじょ》だと思っていたわけではありません。ドアに、『魔女《まじょ》の館《やかた》』と書いた木の看板《かんばん》がかかっていたので、そうよんでいたのです。あいしょうくらいに思っていました。

「ごくろうさま。いつもありがとう。」

ほうきをなげだして手紙をうけとると、エッちゃんはゆうびんやさんにほほえみました。

「仕事ですから。」

というと、ゆうびんやさんははずかしそうに笑《わら》って自転車《じてんしゃ》にまたがりました。

「ゆうびんやさんは、みんなに幸《しあわ》せをとどける。いい仕事《しごと》だな。」

とつぶやくと、冬空の中をけいかいに走り出しました。

「ともこさんからだわ。」

ともこさんは、以前担任《いぜんたんにん》した子どものお母《かあ》さんです。

「何か、いいことがあったにちがいない。」

エッちゃんは、るんるんとはなうたをうたい家にはいりました。

ところが、ともこさんの家では大じけんがおこっていたのです。ふうとうにはさみを入れると、じけんがまちきれないというように顔をだしました。エッちゃんは、じけんにすぐ心《こころ》をうばわれました。

手紙は、こうはじまりました。

『地球《ちきゅう》は毎日《まいにち》同じ速《はや》さでまわっているのに、街《まち》がクリスマスの準備《じゅんび》を始めると、人々《ひとびと》のいそがしさにあわせて、ちょっぴり早くまわっているのではないかという気がしてしまいます。さて、今日《きょう》はハムスターの話です。』

タイムスリップして、ここはともこさんの家。時は新緑《しんりょく》の美しい五月です。せんたくものをたたんでいると、電話がなりました。受話器《じゅわき》をとると、近所でパーマやさんをしているママです。かん高い声が受話器《じゅわき》からひびいてきました。

「うちでかっているハムスターがあかちゃんをうんだの。かわいいわよ。よかったら、もらってくれない。」

「えっ、ハムスターのあかちゃん？　ほしいにきまってる。」

ともこさんは、こうふんして答えました。

「よかった。あなたなら、ぜったいにもらってくれるかなって思ってすぐに電話したの。動物が大すきだものね。一ヶ月ほどしたら、とどけるわ。少し成長《せいちょう》してからの方がいいと思うの。」

「ありがとう。まってるわ。」

ともこさんはうれしそうにいうと、受話器《じゅわき》をおきました。夕飯の後、ともこさんは子どもたちにむかっていいました。

「みんな、きいて！　うれしいお知らせがあるの。」

「うれしい話って何？　早く教えて！」

まいちゃんが、まちきれないといった表情《ひょうじょう》でいいました。

「りよも知りたい。早く早く。」

「二人《ふたり》ともあんまり期待《きたい》しない方がいいよ。お母《かあ》さんのうれしい話って、ずっこける時があるもん。ショックは小さい方がいい。」

しょうへい君が、二人《ふたり》をたしなめるようにいいました。

「しょうへいったら、よけいなことをいわないで。まいもりよも、期待《きたい》でむねをふくらませてるのに…。お母《かあ》さんがいつずっこけることいったっけ？　悲しくなるじゃない。」

「ごめん、お母《かあ》さんを悲しませるつもりじゃなかったんだ。」

しょうへい君がぺこっと頭をさげました。

「そんなことより、うれしい話教えて！」

まいちゃんは、こうふんしていいました。

「あのね、一ヶ月したら、うちにハムスターのあかちゃんがくるの。」

「ええー、そいつはすごい。」

しょうへい君がさけびました。

「わーい、ハムスターのあかちゃん、うれしいな。まい、飼《か》ってみたかったんだ。」

「あといくつねむったら、来るの？」

りよちゃんが、目をぱちくりさせてたずねます。

「だいたい30日かな。」

「そんなにまつの？　りよ、まちきれない。」

「ほら、この日。すぐよ。」

お母《かあ》さんがカレンダーをめくると、ハムスターがくる日にまるをつけていいました。


やがて、一ヶ月がたちました。約束《やくそく》の日はちょうど日曜日《にちようび》。子どもたちは、朝からどきどきしてまちました。

「こんにちは。」

パーマやさんのママの声がすると、三人はげんかんにとびだしました。ママの手にはハムスターのあかちゃんが二ひきのっています。

「あらまあ！　みんなで、おでむかえありがとう。」

ママはおどろいていいました。

「やっぱりな、あたしの予想《よそう》どおり。」

まいちゃんがじまんげにいいました。

「予想《よそう》って？」

しょうへい君がたずねると、まいちゃんが、

「それはね、かわいいってことよ。」

といいました。

「まいちゃんたら…。」

いつの間にか、ともこさんもでてきて、みんなで大笑《わら》いしました。

「ジャンガリアンのオスとメスなのよ。どうぞ、だいてみて。」

六つの手がひまわりのようにでてきてママがとまどっていると、しょうへい君は、

「おれはいいよ。」

といって、手をひっこめました。

「さすが、おにいちゃんね。」

といわれると、しょうへい君はうれしくなりました。

　オスはまいちゃんが、メスはりよちゃんがめんどうをみることになりました。オスは、『ジャンタロー』、メスは『レモン』と名づけられました。ところが、レモンはまもなく死んでしまいました。六月の終《お》わりのことです。りよちゃんの悲しみといったら、それは想像《そうぞう》をはるかにこ

えました。一週間ほどは、物がのどを通りませんでした。自分《じぶん》がレモンのお母《かあ》さんだったわけですから、しかたありません。いつの世も、母《はは》が子を思う愛情《あいじょう》は、はかりしれません。

夏がすぎ秋がすぎ、やがて冬がきました。ジャンタローは作業場でかわれていたのですが、寒くなってきたので二階《にかい》の熱帯魚《ねったいぎょ》の水そうのおいてある部屋《へや》に移《うつ》されました。まいちゃんは、せっせとえさをあげ世話《せわ》を続けていました。そのかいがあり、どんどん成長《せいちょう》しました。まいちゃんは、ジャンタローの立派《りっぱ》なお母《かあ》さんになっていました。

ところが、ある朝、

「ジャンタローがいない。」

と、さけびました。さくばん、えさをあげた時、とびらをよくしめなかったのでしょう。かごはもぬけのから。さあ、大変《たいへん》。ともこさんの家では朝食もそこそこ、ジャンタローさがしがはじまりました。

「こんなところにいた!」

しょうへい君がさけびました。ジャンタローは、お父《とう》さんのセーターの上にちょこんとのっていました。目をキョロキョロさせ、何かいいたげです。

「ジャンタロー、どうしてにげないの?　にげるなら、今だぞ。」

しょうへい君は心《こころ》で伝《つた》えました。にげだすなら、それでいいと思っていたのです。ところが、ジャンタローはにげだすどころか、ちっとも動きません。しょうへい君はへんだなと思いました。よく見ると、片足が赤くはれています。

「けがをしているじゃないか。」

しょうへい君はジャンタローをかかえると、お母《かあ》さんに見せました。

「骨折《こっせつ》かもしれないわ。」

お母《かあ》さんは、すぐに病院《びょういん》に連れて行こうと思いましたが、小動物の病院《びょういん》は近くにありません。電話帳で調べて電話すると、月曜日は休診《きゅうしん》とのこと。一日まって、病院《びょういん》につれていきました。ジャンタローはこわさのためかじっとしていられず、治療《ちりょう》は麻酔《ますい》を使う日帰り入院《にゅういん》となりました。夕方、むかえに行くと、小さなあしにギブスをしたジャンタローが、もそもそ動いていました。やはり骨折《こっせつ》で、骨《ほね》が皮をやぶっていたので、ぬったとのことでした。お医者さんがいいました。

「次の月曜日、けがの様子を見せにきてください。」

お母《かあ》さんは、一週間たちジャンタローを病院《びょういん》へ連れて行きました。また、日帰り入院でした。

まいちゃんは学校から帰ってくるなり、

「お母《かあ》さん、私もジャンタローをむかえに行く。今日《きょう》は、そのつもりで、部活動を休んできたの。なんてったって、うれしい退院《たいいん》だもの。ギブスがとれてるといいな。」

といいました。まいちゃんは、一週間、ジャンタローのあしが元通りになるよういのっていたのです。

でも、むかえに行ったまいちゃんが見たのは、片足を切断《せつだん》したすがたでした。人間でいえば、足首からの切断《せつだん》です。まいちゃんは、

「どうして?」

といったきり、次の言葉が出てきません。つぶらなひとみに水がたまり、今にもおちそうです。

「ハムスターは片足がなくなっても命《いのち》に別状《べつじょう》はないから大丈夫《だいじょうぶ》ですよ。」

という、お医者さんの話も納得《なっとく》がいきませんでした。お母《かあ》さんはかくごはできていたし、三本あしで歩くジャンタローを見ていたので、さほどおどろきませんでした。

（これが、ジャンタローにとって、一番よい処置《しょち》だわ。）

と思いました。

　帰りの車の中で、お母《かあ》さんは言いました。

「あのね、ジャンタローは五体満足《ごたいまんぞく》ではなくなったけれど、ちっとも不幸じゃない。こうして飼《か》われているから、えさや水はかくじつに与《あた》えられるし、天敵《てんてき》におそわれる心配《しんぱい》もない。片足になっても十分生きていかれるんだよ。人間だって障害《しょうがい》を持っていてもちょっと不便なだけで、立派《りっぱ》に生きているよ。ジャンタローもちょっと不便だけど、決して不幸じゃない。障害《しょうがい》ハムとしてちゃんと生きていくよ。三本あしでかごの中を上の方までのぼったりもしてたよ。だからさ、がっかりするよりもね、二回も麻酔《ますい》して手術《しゅじゅつ》したジャンタローにえらかったね、がんばったねってほめてあげようよ。」

まいちゃんは、だまって聞いていました。

　家に帰り、元気にかごをのぼっているジャンタローを見て、

「ほんとだ。のぼってる。」

と、うれしそうにほほえみました。お母《かあ》さんは、

（三本あしのジャンタローを見たことで、まい自身《じしん》これからの人生《じんせい》をたくましく生きてほしい。そして、障害《しょうがい》がある人を特別《とくべつ》な目で見ないでほしい。また、困《こま》った人に手をさしのべられるやさしさをもってほしい。）

と、思いました。

2　しょうへい君のひげ

「お母《かあ》さん、おれ、背《せ》がのびたみたい。」

しょうへい君が、朝起きてくるなりいいました。お母《かあ》さんは、

（そんなことわかるのかしら？）

と不思議《ふしぎ》に思いながらくらべてみました。二人《ふたり》は背筋《せすじ》をピンとのばしてならぶと、お父《とう》さんにたずねました。

「お父《とう》さん、どちらが高い？」

しょうへい君の声に、お父《とう》さんがこうふんしていいました。

「おー、しょうへい、やったじゃないか！　お母《かあ》さんをこしだぞ。」

「やったー、とうとうお母《かあ》さんの背《せ》をこしたぞ。今朝《けさ》起きた時、あしが長くなった気がしたんだ。」

「どうしてわかったんだ？」

お父《とう》さんがたずねます。

「なんだか、昨日《きのう》より世界《せかい》がちがって見えたんだ。ビルディングの上から見下《みお》ろしているような感じがしたんだよ。」

しょうへい君のひとみは、朝日と同じくらいきらきらとかがやいていました。

「ビルディングの上？　しょうへいったら大げさね。なんだかくやしくなってきた。」

お母《かあ》さんは、口ではくやしいといいながら、心《こころ》の中では、

（しょうへい、おめでとう。このまま、どんどん成長《せいちょう》してね。それが、お母《かあ》さんにとって一番のプレゼントよ。）

と思いました。

「だけど、しょうへい、お父《とう》さんにはまだまだだな。」

お父《とう》さんがじまんげにいいました。

「そのうち、こすからね。お父《とう》さん楽しみにしてて。」

というと、大きくジャンプしてみせました。

「しょうへい、早く食べなさい。遅刻《ちこく》しちゃうわよ。」

お母《かあ》さんが、はしら時計を見ていいました。テーブルの上にはたきたてのご飯にネギのみそしる、目玉焼きとハムが湯気《ゆげ》をたてていました。

お母《かあ》さんは、ここ数日、まめに背比《せいくら》べをしていたので、しょうへい君の成長《せいちょう》にはびっくりしました。

（男の子って、たけのこみたいにぐんぐんのびるんだなあ。）

感心していると、しょうへい君が、

「お母《かあ》さん、おかわり。」

といって、からのおちゃわんを出しました。お母《かあ》さんは、

「これだものね。」

と、ひとりごとをいい納得《なっとく》したようでした。

「行ってきまーす。」

しょうへい君は、いつもより元気に家をでました。

台所のかたづけをしていて、お母《かあ》さんは思いました。

（そういえば、ちょっと聞いたくらいではわからない程度《ていど》だけど、声がわりも始まったみたい。しょうへいに言うと、はずかしそうに『そうかなあ。』なんて首をかしげていたけれど、私にははっきりとわかる。お風呂《ふろ》あがりにランニングから出たうでもたくましくなったし、そういえば、鼻の下のうぶげにも少し色がついてきたわ。やがて、ひげになるんだね。）

「ただいま。」

しょうへい君の元気な声がすると、戸ががらがらとあきました。空には一番星がかがやいていました。

「さて、みんなそろったところで、食事にしましょう。」

「おにいちゃん、おなかぺこぺこ。」

「もっと早く帰ってきてね。」

まいちゃんとりよちゃんがいいました。

　ともこさんの家では、おじいちゃんとおばあちゃん、三人の子どもたちがそろうまでは夕飯はしません。小さいころからの習慣《しゅうかん》になっていました。お父《とう》さんは、どうしたのかって？　あまりに帰りがおそいのでしかたありません。

「さて、みんなでお風呂《ふろ》にはいろうか。」

あらい物を終《お》えたお母《かあ》さんが、いつものようにいうと、しょうへい君はちょっぴりとまどったように、

「お母《かあ》さん、オレ、お母《かあ》さんといっしょにおふろに入るのはちょっと…。」

といいました。お母《かあ》さんは、心《こころ》の中で、

（待《ま》ってました！）

と思いながら、口では、

「あーあ、しょうへいったら、お母《かあ》さんのことが嫌《きら》いになっちゃったのね。」

と、さびしそうにいいました。

「ううん、そういうわけじゃないんだ。ただなんとなく…。」

しょうへい君は、口ごもっていいました。

「わたし、お母《かあ》さんとがいい。」

「わたしも。」

まいちゃんとりよちゃんがあまえていうと、しょうへい君は、

「オレ、一人《ひとり》で入る。」

といいました。

子どもたちがねむりについたころ、お父《とう》さんが帰ってきました。一日のことをほうこくすると、お父《とう》さんは、

「そうか、しょうへいも男の子になったってことだな。」

と、うれしそうにいいました。お母《かあ》さんは、

「二人《ふたり》で、かんぱいしましょうか。今夜は、いっぱいつけるわね。」

というと、おちょことっておきのお酒をもってきました。

「しょうへいのおかげで、今夜は最高《さいこう》の夜になったよ。」

「かんぱーい。」

二人《ふたり》の声が星空にすいこまれていきました。

3　一寸法師《いっすんぼうし》あらわる

家々《いえいえ》ののき下にはオニのようなつららがぶらさがっています。それは、寒い晩《ばん》のことでした。ヒューヒューとくちぶえをならしながら、北風の青年はすみのような黒い空をさまよっています。名前《なまえ》はカノンといいました。しばらくすると、家にもどり雲のソファーでためいきをつき、

「もしも南風だったら、お花たちと友達になれたかもしれないなあ。ぼくたちはきらわれ者。一度でいいから、愛《あい》らしい花たちと話がしてみたかったなあ。」

といいました。すると、いつの間にか、北風のパパがそばにいて、

「あのな、カノン、世の中には、必ずや悪役《あくやく》がいるものだ。だれかがその役を演《えん》じなければ物事がスムーズに運ばない。よい役はだれでもつとまる。しかし、悪役《あくやく》はだれにでもつとまるというものではない。どんなにきらわれてもへこたれない忍耐力《にんたいりょく》やど根性《こんじょう》、何よりも利害《りがい》に関係なくいつでもだれにでも冷たい風を吹《ふ》きつける正義感《せいぎかん》が必要だ。わしらは、むしろ選《えら》ばれたもの。胸《むね》をはって生きていこう。」

と、いせいよくいいました。

「ぼくは選《えら》ばれない方がよかった。」

カノンは、うつむいていいました。

「一体、どうしたというんだ？　いつものカノンらしくないじゃないか。」

北風のパパが頭をかしげました。

「ぼくは、タンポポに会いたい。あのひだまりのような笑顔《えがお》に会えたら、どんなに幸《しあわ》せだろう。」

カノンは病《やまい》にかかっていました。ひどい病《やまい》かって？　いいえ、その名は『こいわずらい』。体の病気《びょうき》じゃなく、心《こころ》の病気《びょうき》です。

　昨夜かぜの丘で上映《じょうえい》された、『地球《ちきゅう》の花たち』を見て、キュートなタンポポにひとめぼれをしてしまったのです。北風のパパは、ひとみをかがやかせて、

「会えばいい。」

といいました。

「でもきらわれるに決まってる。北風が好《す》きな花なんて…。」

「いないとはかぎらないさ。」

北風のパパの目は真剣《しんけん》でした。

「そうかなあ。」

「カノン、考えていても何も始まらない。さっそく、今年の春はジャパンに上陸《じょうりく》だ。」

「うれしいよ！　パパ。ぼく、修行《しゅぎょう》をつんでうんとりっぱな北風になる。」

というと、カノンは、スポーツシューズにはきかえ家をとびだしました。北風のママは、おどろいてさけびました。

「もう夜中よ。どこへ行くの？」

あわてている北風のママに、北風のパパは目を細めて、

「ママ、大丈夫《だいじょうぶ》だよ。あいつは恋《こい》をしたんだ。見守ってあげよう。」

といいました。


ここはジャパン。北風のじいさんとばあさんが二ヶ月ほど前からたいざいして、こがらしをふかせていました。

「なあ、ばあさん、わしらの仕事もわりにあわないなあ。がんばればがんばるほど、生き物たちに嫌《きら》われる。」

「あらまあ、どうしたというの？　あなたらしくもない。今さらそんなことをいうなんて…。きびしい冬があるからこそ、春のよろこびがある。ぽかぽかした春のうららいを生き物たちはどんなによろこぶかしら…。わたしたち、もう百年以上《いじょう》もこのまま仕事をやっているのよ。」

「そう、何のうたがいもせずにね。わかっているんじゃが、ついついあまえが出てしまった。ばあさんといるとほっとして、つい本音《ほんね》がでる。ほんのしゅん間、頭のすみをよぎったことが、言葉になってしまったんじゃ。ごめん。わしは、この仕事が決して嫌《きら》いなわけじゃないからね。

いや、むしろほこりに思っておる。」

「安心したわ。」

北風のばあさんは、大きくいきをすいこむと口を大きくふくらませつめたい風をだしました。

そのしゅん間、電信柱《でんしんばしら》がコチンコチンにこおりつきました。

「わしもまけんぞ。」

というと、北風のじいさんも、大きくいきをすいこんでいきおいよくはきだしました。


エッちゃんの家のドアからはすきま風が入り、ガタガタなりました。

「冷えるわね。せなかがぞくぞくする。こんな晩《ばん》は早くやすみましょ。」

エッちゃんがあかあかともえていただんろの火を小さくしてベッドにむかうと、そばで丸くなっていたジンも、

「そうしよう。」

といいながら、大きなあくびをしてベッドにとびのりました。

時計のはりは、まだ、九時をさしていました。電気を消し、しずかに目をとじました。

「いいゆめをみましょう。すてきな王子様があらわれますように…。」

ところが、なかなかねむれません。ジンは軽いいびきをかいています。

「単純《たんじゅん》なねこはいいわねぇ。」

エッちゃんはいたずらに、ひげをさわりましたがぴくりともしません。

「あーあ、つまんない。」

30分ほどしたころでしょうか。ひそひそ声が聞こえました。

「とうとう、おいらのゆめがかなう。」

コントラバスのような低《ひく》いトーンの声がこうふんしていいました。

「ええ、あと3分よ。わたしは、さらに、その0・3秒後。」

ピッコロみたいな高いトーンの声があいづちをうちました。

（そんなばかな。この部屋《へや》にはだれもいないはずだけど…。ドアにはかぎがかかっていて、どろぼうだって入れない。）

エッちゃんは目をぎゅっと閉《と》じたまま、耳をすましました。目をあけたら、ころされるかもしれない。とっさにそう思ったのです。読みかけの推理小説《すいりしょうせつ》が頭にうかびあがり、こわさをましました。

（何者かしら？　もしどろぼうだったらあり金《がね》を全部あげる。だから、ころさないで！）

エッちゃんはただひたすらいのりました。こんなたいへんな時、じゅくすいしているジンがうとましく思えました。

（あいつったら、あいぼうしっかくだわ。あたしが生死《せいし》をさまよっている時にねてるなんて…。きょうふといかりで、エッちゃんの心《こころ》ははれつすんぜんでした。

「どきどきするわね。あと10秒《びょう》よ。」

「ああ、心臓《しんぞう》がはれつしそうだ。」

「7・6・5・4・3・2・1。」

二人《ふたり》はカウントダウンをはじめました。

「キャー！」

エッちゃんはこわくなって、黄色い声をあげました。そのしゅん間、あたりにマリンブルーとルビー色のけむりがもくもくとあがり、やがて金色に変わったかと思うと、今度は部屋中《へやじゅう》にチリンチリンというすずの音が大きくひびきわたりました。エッちゃんは、ベッドの上で目をみひらいたまま、ずっと銅像《どうぞう》のように固まっていました。

「どうか命《いのち》だけはお守りください。」

何度つぶやいたことでしょう。

エッちゃんは修行中《しゅぎょうちゅう》とはいえれっきとした魔女《まじょ》です。呪文《じゅもん》のひとつもかけて、安全なおなべやおしゃもじに化《ば》けて身をかくしたり、透明《とうめい》になって姿《すがた》をけしたりすればいいのに、とっさのことで自分《じぶん》が魔法《まほう》使いだということさえ忘《わす》れていました。

金色のけむりがひくと、中からボタン色のあでやかな着物を身につけたお姫《ひめ》さまが姿《すがた》をあらわしました。

「なんてきれい!!! あなた、どこかで見たことがあるわ。えっと、えっと、えっと…。そうだ! リビングにかかっている絵の中よ。だけど、そんなばかなことがおこるはずないし…。」

エッちゃんは、あわててベットからとびおりるとリビングにむかいました。かべにかかっていた額《がく》に目をうつしたしゅん間、体がこおりつきました。額《がく》の中にあったはずの絵がありません。まっしろけの紙だけが、お月さまにてらされたように静かに品《ひん》よく光っていました。

「やっぱりだわ。」

エッちゃんはがたがたふるえながら、額《がく》からはなれました。

「あの…、あなたは絵の中から出てこられたのですか?」

エッちゃんは、まるで信《しん》じられないといった表情《ひょうじょう》でたずねました。

「ええ、まさしくそうよ。」

お姫《ひめ》さまがかべにかかっている絵を指さし、首を大きくたてにふっていいました。そのしゅん間、こしまである黒く長いかみがゆれました。ぬれたようにつやつやとかがやいています。

　バンビのようにつぶらなブルーのひとみ、長いまつげ、ふっくらとしたサクラ色のくちびる。まん中には、品《ひん》のよい鼻がなだらかに横たわり、はっとしました。エッちゃんは、（美しいという言葉は、この人のためにあるのかもしれない。）

と、思わず感心してしまいました。それくらい美しかったのです。エッちゃんは、しばしぼうぜんとその場に立ちつくしていました。

「おどろかせちゃったみたいね。ごめんなさい。」

お姫《ひめ》さまが声をかけると、ようやくエッちゃんはわれにかえりました。

「やはりそうだったのね。今、この部屋《へや》でりくつでは説明できない何かすごいことが起こってる。しんぞうはばくばくしてばくはつすんぜん。『おちつかなくちゃ。』って言い聞かせてるところよ。あなたは、たしかに絵の中から出てきた。でも、お姫《ひめ》さまのとなりにいた一寸法師《いっすんぼうし》がいないわ。絵からも消えているのに…。」

エッちゃんが首をかしげると、

「ぼくは、ここにいるさ。」

お姫《ひめ》さまの体から低《ひく》い声がしました。エッちゃんが目をきょろきょろさせると、

「ここだよ、ここ。」

と、さっきより大きな声がしました。お姫《ひめ》さまがくっくっと小鳥のように笑《わら》い、自分《じぶん》の手のひらを指さしました。

「ほら、ここ。」

ほっそりとした手の上に、刀《かたな》をさしコーヒー色のはかまをはいた一寸法師《いっすんぼうし》がちょこんとのっていました。

「かわいい！」

「かわいいってぼくのことかい？　ぼくはゆうかんなさむらいだよ。失礼《しつれい》しちゃう。」

一寸法師《いっすんぼうし》がぷくっとふくれていいました。

「ごめんなさい、一寸法師《いっすんぼうし》さん。あんまり小さかったものだから…。」

エッちゃんがあやまると、一寸法師《いっすんぼうし》は顔をゆがめていいました。

「まあいいさ、この世では、ぼくなんかの存在《そんざい》はお話の中だけだもの。しかたない。ぼくこそ、ごめん。ところで、魔女《まじょ》さん、『一寸法師《いっすんぼうし》』ってよぶのはやめてほしいな。ぼくにはちゃんとした名前《なまえ》がある。」

「何ていうの？」

「『たけし』っていうんだ。」

「すてき！　ゆうかんな名前《なまえ》ね。」

「ありがとう。ほめてもらってうれしいよ。魔女《まじょ》さん、これからはたけしってよんで。一寸法師《いっすんぼうし》は、人間たちが勝手《かって》につけたあだ名。発達《はったつ》が足《た》りないみたいでいやなんだ。」

というと、たけしは、お姫《ひめ》さまの手のひらからエッちゃんのかたにとびのりました。すごいジャンプ力です。

「あらまっ、たけしったら、魔女《まじょ》さんに失礼《しつれい》よ。」

お姫《ひめ》さまは、あわてていいました。

「だって、あんまりうれしかったものだから…。名前《なまえ》なんてほめられたの初《はじ》めてだったんだ。ごめんなさい。」

たけしがせのびして、エッちゃんの耳もとでささやくと、エッちゃんは、

「たけし、くすぐったいわ。かたにのったくらいであやまらないで。もう、友だちじゃない。えへへっ。」

エッちゃんがかたをゆすって笑《わら》うと、たけしはあやうく足をふみはずしそうになりました。

「ひえーっ！」

「ごめん、ごめん。」

今度は、エッちゃんがあやまりました。

「うふふっ、二人《ふたり》とも、あやまってばかり。そんなことより、魔女《まじょ》さん、わたしのことも『ゆう』ってよんでほしいの。『お姫《ひめ》さま』はがらにあわない。」

というなり、ゆうは着物の帯《おび》をゆるめ、すばやく両うでをぬきとりました。着物はすとんと床《ゆか》に落ち、あわやすっぽんぽん。と思いきや、大丈夫《だいじょうぶ》。着物の下に、カナリア色のタンクトップとはき古したブルージーンズを身にまとっていたのです。ゆうはせのびをひとつすると、

「これで、リラックスできる。」

と、うれしそうにいいました。

　エッちゃんが目をくりくりさせていると、たけしは、また、ゆうの手のひらにとびのりました。刀《かたな》をぬき、着物とはかまをぬぎすてると、おそろいのタンクトップとブルージーンズ姿《すがた》になりました。たけしは、

「ようやくくつろげる。」

というと、ぽんぽんはずみました。

二人《ふたり》を見ていたら、エッちゃんはきゅうに楽しくなってきました。ルンルン、はなうたでもとびだしそうです。でも、目の前で起こっていることがしんじられずに、また、考えこんでしまいました。その様子《ようす》をみて、たけしが、

「魔女《まじょ》さん、ぼくたちのことゆめだと思ってるんでしょ。でもね、しんじられなくて当たり前だよ。」

としずかにいいました。この時、エッちゃんの頭には、三ヶ月前におこったことが、よみがえっていました。


それは、虫の声がひびきわたる月夜の晩《ばん》のことでした。パステル魔女《まじょ》がとつぜんやってきて、エッちゃんに『この絵』をプレゼントしてくれたのです。

パステル魔女《まじょ》のファッションときたら、ちょうフランス風。金色のカーリーヘアーにバラ色のくちべに。ブルーブラックのロングドレスに花がらのスカーフとおそろいのてぶくろ。足下《あしもと》には、スミレ色のレッグウォーマーがピタリときまっていました。

この魔女《まじょ》の職業《しょくぎょう》は、趣味《しゅみ》とおんなじ。『絵をかくこと』でした。パステルを持ち白い画用紙に向《む》かうと、手が勝手に動き出しあっという間に完成《かんせい》してしまう。写真みたいにリアルにかくのではなく、パステル魔女《まじょ》の心《こころ》の眼を通した独特《どくとく》の表現法《ひょうげんほう》がとられています。人物の表情《ひょうじょう》と色彩《しきさい》は、一度人の心《こころ》に入ると忘《わす》れられなくなりました。そんなわけがあって、パステル魔女《まじょ》の絵は多くの人に愛《あい》されてきました。

「そうだわ！　あの時たしか…。」

エッちゃんは、あの晩《ばん》、不意《ふい》にパステル魔女《まじょ》がいったこんな言葉を思い出しました。

「この絵はふつうの絵じゃないの。」

「ふつうじゃないって？」

エッちゃんがいくらたずねても、教えてはくれませんでした。パステル魔女《まじょ》は笑《え》みをたたえて、

「大丈夫《だいじょうぶ》よ、エッちゃん。いつか、その意味がわかる時がくる。」

といって消えたのです。

これが、パステル魔女《まじょ》の答えなのでしょうか？　だとすると、この二人《ふたり》が絵の中から出てきた意味は？　エッちゃんの頭は、疑問《ぎもん》でいっぱいになりました。

4　あの世のおきて

「あらためて、魔女《まじょ》さん、おばんでございます。」

ゆうが頭を下げると、つややかな黒髪《くろかみ》が床《ゆか》につきました。エッちゃんは、きれいなかみがほこりまみれになってしまうと思いました。でも、口にだすのはやめました。部屋《へや》をていねいにおそうじしてないなんて、いわないほうが得《とく》です。

「魔女《まじょ》さん、ほんとうに大丈夫《だいじょうぶ》？　ぼくたちのせいで、なやませちゃったね。」

たけしは、ずいぶん心配しょうのようです。さっきから時おり、ふさぎこんでしまうエッちゃ

んのことを気にしていました。

「大丈夫《だいじょうぶ》。心配はいらないわ。ゆう、たけし、こんばんは。あのね、ついさっき、絵のことで思い出したことがあったものだから…。そう、わたしのことも名前《なまえ》でよんで。みんなから『エッちゃん』てよばれてる。」

エッちゃんが、大きくしんこきゅうしていいました。真夜中《まよなか》だというのに、ねむけはちっともありません。時計は、午前二時をまわっていました。

「こしをおろしていいかしら？」

「ごめんなさい、気づかなくって。さあ、すわって。つかれたでしょう。」

二人《ふたり》をソファーに案内《あんない》すると、たけしは、ゆうの手のひらから、いきおいよくテーブルの上にあったシュガーポットのふたにとびおりました。とっ手がちょうどいすになりました。

「これはいい。おいらにぴったりだ。ちょっと上品な、
たけしは満足《まんぞく》そうな顔で、すわりごこちをたしかめました。

「ポットのふただけど、気にいってもらえてよかった。ところで、わたしの頭は疑問《ぎもん》でいっぱい。何のために絵の中から出てきたの？　どうやって絵の中からとびだすことができたの？　何百年も前につくられたお話の中の人物がどうして生き返ってるの？　お話をきかせてもらってもいいかしら…。」

エッちゃんが、ようやく自分《じぶん》をとりもどしてたずねました。

「とうぜんよね。反対の立場だったら、わたしだって同じ疑問《ぎもん》をもつでしょう。少し長くなるけど、いいかしら？」

ゆうはたしかめるように、エッちゃんのひとみを見つめました。エッちゃんは、もちろんとい

うように、首を大きくふりました。

「あのね、」

ゆうが話しはじめると、たけしが言葉をさえぎって、

「ゆう、初《はじ》めのころはぼくが話そう。その方が都合《つごう》いい。」

というと、目をとじるようなかっこうで静《しず》かに語り始めました。

「ぼくたちは、ひと昔《むかし》前、妖怪《ようかい》でもでてきそうな奇妙《きみょう》な島へたどりついた。とつぜん、オニがでてきてぼくをのみこんだ。ぼくは大あばれして、目から飛び出した。オニはこわがって、すたこらさっさとにげていった。オニがのこしていったうちでのこづちをふると、ぼくは大きくなった。その時の話は、『一寸法師《いっすんぼうし》』ってお話にかいてあるんだけれど…。エッちゃんは、よんだことあるかな？」

「もちろん、一寸法師《いっすんぼうし》の昔話《むかしばなし》はあまりにも有名だもの。人間界《にんげんかい》では、子どものころ親が読み聞かせてくれる。知らない人はいないでしょうね。他に、『ももたろう』や『かちかちやま』もある。小さなからだで大きなオニを退治《たいじ》した一寸法師《いっすんぼうし》は、ひとことでいうと、子どもたちのアイドルね。」

「てれるなあ。アイドルだなんて…。」

たけしは、まんざらでもない表情《ひょうじょう》でいいました。日焼けした黒い顔が、少しだけあかくなったようでした。

「ぼくは、立派《りっぱ》なお屋敷《やしき》でゆうに初《はじ》めてあった時にひとめぼれをしてしまった。体の小さいぼくなんて、相手にされないと半分あきらめてたんだ。でも、願いがかなって、ついにゴールイン。ゆめにまでみたゆうとの結婚《けっこん》。その時、強く思った。人生《じんせい》、最後《さいご》まであきらめちゃいけない。

希望《きぼう》を持ち続けていれば、いつかはかなうものなのかもしれないって…。そりゃあ、つらいこともあったけど、二人《ふたり》でともに助け合い、それは、楽しい結婚生活《けっこんせいかつ》だったよ。決してゆうふくではなかったけど、幸《しあわ》せだった。ゆうもぼくも本が大好《す》きで、お茶をのみ夜明けまで語り合った。しかし、楽しいことは永久《えいきゅう》に続かないものだ。やがて年をとり、ぼくたちはこの世に別《わか》れをつげた。もちろん、一緒《いっしょ》ではないさ。別々《べつべつ》にだ。別々《べつべつ》とはいっても、たいした差はなかった。ぼくの死を後追いするように、同じ日の0・3秒後にゆうが息をひきとったのだから…。夫婦は一心同体《いっしんどうたい》とよくいわれるが、ここまで一緒《いっしょ》だとやはり、運命を感じるね。」

「すてき!!!　二人《ふたり》は赤い糸でむすばれてたってことね。あたしにも、そんな人いるのかな?」

エッちゃんが心配そうにつぶやきました。

「ぜったいいるわ。不思議《ふしぎ》なものね。たけしが息をひきとりお別《わか》れをつげると、わたしも自然に意識《いしき》が遠のいたの。老衰《ろうすい》だった。」

ゆうは、そのころを思い出すように言いました。

「ぼくたちは求《もと》め合っていたせいだろう。幸運《こううん》にもあの世で、ゆうと再会《さいかい》することができた。」

たけしは、ゆうをみつめていいました。その時、ゆうの白いほおがトマトみたいに赤くそまりました。

「いいな。」

エッちゃんは、二人《ふたり》のように純粋《じゅんすい》な恋《こい》をしてみたいと思いました。

「あたし、一寸法師《いっすんぼうし》ってただの物語かと思っていたら、実際にあったお話だったのね。全然しらなかったわ。人間界《にんげんかい》では、みんなただの物語だと思ってる」

「しかたないさ。人間《にんげん》たちは時として、あやまったことを信《しん》じていることがある。宇宙《うちゅう》の真理《しんり》を知らない。でも、それでいいんだ。」

たけしは、悲しそうにつぶやきました。

「たけし、元気をだして！　本当にあったお話だってことはよくわかった。でも、一度亡《な》くなった命《いのち》なのに、どうして生き返ってここにいるの？」

エッちゃんには、さっきうかんだ疑問《ぎもん》が風船《ふうせん》のようにふくらんで、いてもたってもいられなくなりました。

「ひとことでいうと、パステル魔女《まじょ》のおかげなの。そう、エッちゃんのおばあちゃんにあたる魔《ま》女《じょ》よ。それは、それはモダンな魔女《まじょ》。わたしのあこがれだわ。」

ゆうがうっとりしていいました。

「パステル魔女《まじょ》のことは、よく知ってる。だって、昨年の秋に会ったばかりだもの。あたしの家にとつぜんやってきて、あの絵をおいてったの。さっき、そのことを思いだしていたところよ。」

「パステル魔女《まじょ》は、あの世で、それは有名な画家なの。かみは金ぱつ、地球《ちきゅう》でレッグウォーマーをはやらせた、エレガントな魔女《まじょ》よ。『おしゃれなかみさま』と、よんでる人もいるくらい。春風は南からふくけれど、流行はパステル魔女《まじょ》からはじまる。」

ゆうがジーンズのすそをめくると、ペパーミントのレッグウォーマーが見えました。

「どうかしら？」

「あらまっ、ジーンズの下にはいてるの？　でも、こんな寒い晩《ばん》にはあったかそうね。」

エッちゃんがうらやましそうにいうと、ゆうは、

「ひとつあげる。じつはおみやげに持ってきたの。じまんの手編《てあ》みよ。パステル魔女《まじょ》から、エッちゃんは冷《ひ》え性《しょう》だってきいてたから…。わたしとおそろいの色。気にいってもらえるとうれしいわ。」

といって、つつみをわたしました。

「ありがとう。ゆうって気がきくのね。たけしもほれちゃうわけだ。」

「ぼくは、はらまきをあんでもらった。かぜをひかないようにってさ。」

というと、おなかをめくって見せました。コーヒー色の毛糸がぴったりとおなかをつつんでいました。

「たけしって、こう見えて案外弱《あんがい》いの。一年通すと、わたしよりかぜをひくもの。何日間もねこむこともあるのよ。そう見えないでしょう？」

「ゆう、それはないよ。デリケートっていってほしいな。」

たけしは、ぷくっとふくれてみせました。

「お二人《ふたり》さん、ふうふげんかは後にして。ところで、さっきの話の続《つづ》きを教えて。」

エッちゃんが半分笑《わら》っていうと、ゆうとたけしがぺこっと頭をさげました。

「ごめんなさい。」

これまた同時だったので、また、笑《わら》いがこぼれました。

「あなたたち、何から何までほんとに焼《や》けるわね。」

エッちゃんは、あきれかえっていいました。

たけしが言葉をつづけました。

「つまり、パステル魔女《まじょ》が、ぼくたちの絵を描いて、命《いのち》をふきこんでくれたんだ。」

「命《いのち》をふきこむなんて、そんなことが現実《げんじつ》にできるの？」

エッちゃんのしんぞうは、また、ばくばくして動きをはやめました。

「ああ、だから、ぼくたちがここにいる。絵にたましいが入ると、モチーフは動くんだ。でも、人間《にんげん》たちの目にふれるとたいへんだろう。不気味《ぶきみ》だと大さわぎして、絵をたたきこわしてしまうかもしれない。だから、モチーフが動き出すのは人間《にんげん》たちが寝静《ねしず》まった夜ときまっている。」

たけしは、声をころしていいました。

「でもね、動くといっても絵の中だけ。絵の中はあの世とつながってるからなの。一度、死んだ人が、この世にとつぜん出てきたら帰りたくなってしまう。そうなったら、人間界《にんげんかい》にこんらんがおこる。だから、絵の外へでたらいけないっていうおきてがあるの。」

ゆうが、さらに声をしぼっていいました。

「そうだったの。絵があの世とつながってたなんて…。ぞくぞくする話だわ。てことは、死んだ後も、絵の中から現世《げんせ》を見てるってことになる。あたし、ますます絵に興味《きょうみ》がわいてきた。」

エッちゃんがこうふんしていいました。

「でも、このことはぜったいに人間《にんげん》たちに言わないでよ。」

ゆうのひとみは、しんけんそのものでした。ブルーのひとみの中に、熱《あつ》い炎《ほのお》がメラメラと燃《も》えているのが見えました。

「やくそくするわ。口がさけても絶対にいわない。でも、だとすると…、あなたたちはなぜここにいるの？　ここは現世《げんせ》。モチーフは、絵の外にでちゃいけないんでしょ。」

エッちゃんは、ちんぷんかんぷんの顔でたずねました。

「じつは、ぼくもそのことが聞きたかった。つまり、君たちは、今まさにおきてをやぶったことになる。聞くのはこわいけれど、やぶった人には、どんなばつがあたえられるんだい？　ぼくには、そのことがきがかりでならない。」

いつの間にか目をさまし、話を聞いていたジンが心配そうにたずねました。

「ジン、あなた、いつの間に…。ぬすみ聞きはよくないわ。おきてるんだったら、もう少し早くいってちょうだい！　いつもあたしに心配をかけてばかり…。」

「ごめんよ、あんまりこうふんして、言葉をかけるひまもなかった。ぼくは、今、現実《げんじつ》におこっていることの意味がわからない。頭脳明晰《ずのうめいせき》なぼくのコンピュータがこしょうして大ピンチなんだよ。」

ジンは目をキョトキョトさせていいました。

こんなジンをみるのは久しぶりでした。いつもは、冷静《れいせい》で少しくらいのことでおどろくジンではありません。エッちゃんは、さっきのいきおいはどこへやら、

「いいわ。あたしだって、大こうふんしてる。あんたの気持ちがわかるもの。」

と、力なくいいました。


「ジン君、はじめまして。あなたは、なんてやさしいねこなんでしょう。初対面《しょたいめん》のわたしたちを、本気で気づかってくれる。うれしいわ。でもね、心配はいらない。どうしてかって？　これからじっくり説明《せつめい》するわ。」

ゆうがにこにこしていいました。

「まず、君の質問に答えよう。あの世のおきてをやぶったら、どうなるかってことだったね。」

たけしが続《つづ》けました。

「ああ。」

ジンは、うなずくのがやっとでした。

「この地球上《ちきゅうじょう》に生きている人間《にんげん》たちから、全《すべ》ての記憶《きおく》が消されてしまうんだ。」

「記憶《きおく》が消されるか？　そんなことになったら一大事。おきてをやぶった人は、この世に生まれなかったことになる。」

エッちゃんがさけびました。

「そうなの、家族も友だちも地域《ちいき》の人たちもみな、その人の存在《そんざい》を忘《わす》れる。つまり、生きていたころの絆《きずな》や思い出が一瞬《いっしゅん》にしてなくなるってこと。とってもおきのやさしさやひとすじの愛《あい》も、無限《むげん》の夢《ゆめ》や希望《きぼう》も、とつぜんたたれる。永遠《えいえん》の記憶《きおく》だったはずのものがゼロになるの。」

ゆうがいいました。

「ほんとうはあったことが、とつぜんある日を境《さかい》になかったことになる。」

たけしがいいました。

「そんなむごいこと。あなたたちは、たえられるの？」

「ひどすぎる。生前《せいぜん》、一生懸命《いっしょうけんめい》生きていた事実さえ、けしとられるなんて…。人生《じんせい》はけしごむじゃないさ。断《だん》じて、あったことがなくなってはならない。あの世には、神《かみ》も仏《ほとけ》もないね。」

エッちゃんも、ジンもはきすてるようにいいました。

「でも、それくらいに重い罰《ばつ》がないとおきては守られない。かなしいかな、それが人間《にんげん》の心理《しんり》よ。」

ゆうはうつむいていいました。

「それじゃ、あなたたちは全《すべ》てを捨《す》てて…。覚悟《かくご》がいったでしょうね。」

エッちゃんは声をつまらせました。

「でも、さっきもいったように心配はごむよう。ぼくたちは『例外《れいがい》』なのさ。」

「例外《れいがい》？」

ジンがふしぎそうにたずねました。

「ああ、例外《れいがい》さ。ぼくたちは、人間界《にんげんかい》で使命《しめい》を果《は》たすために生まれた。つまり、ちゃんとした目的があったわけだ。決して、おきてをやぶったわけではない。」

「よくわからないな。使命《しめい》って何だい？　そのことについて、もう少し、くわしく話してくれないか。」

ジンは、ひげをぴんとたてていいました。ひと言も聞きのがさないぞといった気合いが感じられました。

「そのつもりさ。」

というと、たけしは深呼吸《しんこきゅう》して続《つづ》けました。

「ぼくたちの絵ができあがり何日かすると、パステル魔女《まじょ》はこういった。『一寸法師《いっすんぼうし》や、人間界《にんげんかい》に行ってオニたいじしてほしい。』って。今どきオニなんていないって答えると、『いやいや、今の地球《ちきゅう》には人間《にんげん》の姿《すがた》をしたオニがたくさんうごめいている。それらをこらしめてほしいの。あなたたちは、あと五ヶ月で再生《さいせい》する。今、退治《たいじ》しないとオニがはんらんしてとりかえしがつかないことになる。地球《ちきゅう》のためにひとはだぬいで！』っていうじゃないか。ぼくは、何度も自《じ》問自答《もんじとう》したさ。どうやって現世《げんせ》に行くのかって。もし、絵から脱出《だっしゅつ》したら人間《にんげん》たちの記憶《きおく》から消えることになる。ぼくの『一寸法師《いっすんぼうし》』としてのプライドがゆるさなかった。英雄《えいゆう》として、永遠《えいえん》に人間《にんげん》たちの記憶《きおく》にとどめておきたい。でも、今地球《ちきゅう》があぶない。どうしよう。どうすべきなのか？　ぼくはどんなにまよったことだろう。まよった末《すえ》、ことわった。結局《けっきょく》、勇気《ゆうき》がなかったんだ。地球《ちきゅう》を救《すく》うことより、自分《じぶん》の名誉《めいよ》を重んじた。その時、自分《じぶん》の卑小《ひしょう》さを思ったら涙《なみだ》がこぼれた。ぼくはいやしい人間《にんげん》さ。笑《わら》ってくれ。」

たけしが自分《じぶん》をあざけ笑《わら》うようにいうと、いっしゅん顔をゆがめました。うでをあげ涙《なみだ》をふくようなしぐさをすると、また、続《つづ》けました。

「そしたら、パステル魔女《まじょ》がきびしい顔をしてこういった。『これはあなたの使命《しめい》なの。選択《せんたく》しはたったひとつ。仕事を受けること。それ以外にないわ。もう一度、考え直して！　宇宙《うちゅう》に住むかみさまが、たくさんの人の中からあなたを選《えら》んだ。きっと、地球《ちきゅう》をすくってくれると確信《かくしん》して、わたしの心《こころ》に命じたの。あなたに良心があれば、断《ことわ》るなんてことできないはずよ。』その時、ぼくの心《こころ》に大きなかねがひとつゴーンとなった。体中がしびれあがった。ぼくは、さいぼうのすみずみまで目がさめた。そしたら、自分《じぶん》のことなんてどうでもよくなっていた。記憶《きおく》は、いつかうすれるものだ。過去《かこ》の栄光《えいこう》にすがって何になる。そう思ったら、決断《けつだん》ははやかった。ぼくは、何をなやんでいたのだろう。さっきまで、なやんでいた自分《じぶん》がばかばかしくさえ思えてきた。今ある記憶《きおく》を救《すく》うために、立ち上がろう。全力でたたかおう。体の芯《しん》からエネルギーがわきあがってきて、ぼくは首をたてにふった。すると、パステル魔女《まじょ》は笑顔《えがお》でいった。『一寸法師《いっすんぼうし》、ありがとう。あなたなら、ぜったいにうけてくれると信《しん》じていたわ。承知《しょうち》してくれてほんとうにありがとう。うっかりしてさっきいうの忘《わす》れてたけど、あなたが現世《げんせ》に飛び出してもおきてやぶりにはならないからね。だって、オニたいじはかみさまのおつげなんだもの。』ぼくは、その場にへなへなとしゃがみこんでしまった。こんな大事《だいじ》なこと、もっと早くいってくれたら、こんなになやまなかったのに…。でも、今考えれば、それがパステル魔女《まじょ》のねらいだったのかもしれない。だけど、やっぱりほっとしたさ。」

「それは当然のことだ。」

ジンがあいずちをうちました。

「でも、かみさまはどうしてパステル魔女《まじょ》をえらんだのかしら？」

「それにも、じつはひみつがある。パステル魔女《まじょ》はこうもいった。『一寸法師《いっすんぼうし》、わたしの描《か》く絵はふしぎなパワーがあって、モチーフたちは時がくると、いともかんたんに現世《げんせ》に生まれることができるの。どうしてそんなことができるのかって不思議《ふしぎ》に思うでしょうね。自分《じぶん》でもわからない。でも、事実なの。つまり、無理《むり》して絵から脱出《だっしゅつ》するのでなく自然と生まれ落ちる。脱出《だっしゅつ》はたくらみがあるけれど、わたしの絵のモチーフには野心がない。そう、いってみれば、たんじょうは運命ね。そんなこともあり、かみさまは、あなたが使命《しめい》を果《は》たすための手段として、わたしをえらんだのかもしれないわね。かみさまの緻密《ちみつ》な計画にのっとってあなたが首をたてにふった。これでわたしのつとめは半分以上終《いじょうお》わり。オニたいじがんばってね。』パステル魔《ま》女《じょ》は明るくいうと、ドロロンパッと消えた。とつぜん、ぼくは、不安でおしつぶされそうになった。ほんとうに、オニたいじができるだろうか？　ひと昔前《むかし》にできたからといって、今度も成功《せいこう》するとは限らない。考えていたら、だんだん胸《むね》が苦《くる》しくなってきた。首をたてにふったことを、後悔《こうかい》さえした。でも、何もなく数日間がすぎるころ、あの話はゆめだったのかとも思えてきた。そして、一ヶ月ほどすると、話がほんとうかうそかさえわからなくなった。それくらい、奇妙《きみょう》な話だった。」

たけしはその時をふりかえっていいました。

「そうでしょうね。こんなきせきてきな話、聞いたことがないもの。」

エッちゃんは大きくうなずきました。

たけしは、コップの水を一気にのみほしました。せいかくにいうと、コーヒーようのミルクポットでしたが…。

「でも、この話はゆめではなく、ほんとうだとわかる時がやってきた。ぼくが首をふってから一ヶ月と十日ほどたった時のことだ。パステル魔女《まじょ》がやってきて、とつぜん、こうたずねた。『あのね、一寸法師《いっすんぼうし》、どこで生まれたい？』人間《にんげん》たちは、とにかくうるさい。何かあると、必要《ひつよう》いじょうにさわぎたてる。ぼくは、人間《にんげん》たちの前だけは、かんべんしてほしいとおねがいした。」

「人間界《にんげんかい》に生まれ落ちなければならない。しかし、人間《にんげん》たちの前で生まれたくない。」

エッちゃんが額《ひたい》にしわをよせていいました。

「このふたつの願いをかなえるにはいったい…。」

ジンも、うなりました。

「それが案外簡単《あんがいかんたん》にとけたんだ。つまりさ、人間《にんげん》たちの前で生まれたくないってことは、裏返《うらがえ》すと、魔女《まじょ》の前ではいいことになる。パステル魔女《まじょ》は、『わたしにいい考えがある。』っていうと、ぼくたちの絵がエッちゃんの家のかべにかかった。三ヶ月前のことだ。」

たけしは得意《とくい》げにいいました。

「そうか、わかったわ！　それで、あたしのところへきたってわけね。」

エッちゃんのひとみは、夜空の星に負けないくらいかがやきました。

「そうよ、今、まさに人間界《にんげんかい》で修行《しゅぎょう》している魔女《まじょ》のエッちゃんに手をかしてもらおうということになったわけ。決まって数時間後、ぼくたちの絵は、パステル魔女《まじょ》によりここにとどけられた。」

ゆうのブルーのひとみは、さっきより力強くサファイアのようにキラキラとかがやきました。

5　パステル魔女《まじょ》伝説《でんせつ》って？

話を聞き終《お》えると、ジンは、

「まるで、ゆめ物語だ。頭では理解できてもすぐには信《しん》じられない。『びっくりぎょうてんランキング』なんて番組があったら、まちがいなく一位だ。」

と、ぽつんとつぶやきました。それだけいうのがやっとだったのです。エッちゃんは、

「昔話《むかしばなし》のアイドルに会えるなんて、考えてもみなかった。一寸法師《いっすんぼうし》のお話が実話だったなんて…。感動だわ。」

というと、大きくせのびをしました。

たけしはエッちゃんのかたにとびのると、耳元でささやきました。

「おどろかせてごめん。だけど、ぼくたち、エッちゃんとジンくんに会えるのを楽しみにしてたんだ。パステル魔女《まじょ》に、二人《ふたり》のことを聞いてたからね。」

「えっ、どんなふうに?」

エッちゃんはきょうみしんしん。身をのりだしてたずねました。

「エッちゃんはキュートで、えっと…、気がきくおちゃめな魔女《まじょ》だって。」

たけしは、とぎれとぎれに答えました。

「ぼくのことは?」

「ええっと…。ジン君は頭がよくって落ち着きがあって、ねこなのに人間《にんげん》に劣《おと》らない、いや、それ以上《いじょう》の脳細胞《のうさいぼう》の持ち主だって聞いてきた。」

ジンはうっとりして聞きました。最高《さいこう》のほめ言葉をもらい、外をかけ出したい気分です。

「たけし、あたしのことでつけたすことはない? もっと何かいってなかった?」

「そうだな。えっと… 人間界《にんげんかい》で小学校の先生になり修行《しゅぎょう》しているって聞いたよ。それから、えっと…明るく元気でやさしい先生を子どもたちは、『魔女《まじょ》先生』とよんでしたってるって。」

「他には?」

エッちゃんのひとみが光ります。

「えっと…、ちっともおっちょこちょいじゃなく落ち着いてて、ちっともさわがしくなく物静《しず》かで、やることなすこと全《すべ》て完《かん》ぺきでほとんど失敗はないっていってたかな。それから…、方向《ほうこう》音痴《おんち》じゃないので道に迷《まよ》ったことは一度もないし、料理上手《じょうず》で、おむすびの塩をさとうとまちがえたり、魚をこがしたりしないので、いつ結婚してもいいくらいだって…。」

たけしはエッちゃんを喜《よろこ》ばせたくて、あることないことをならべたてて答えました。かわいそうに、額《ひたい》にはあせがにじんでいました。エッちゃんはそんな事とはつゆ知らず、ただただうれしくなって胸《むね》をはずませました。

「それはありがとう。それにしても、パステル魔女《まじょ》はあたしのことよく知ってたわね。たった一度しか会ってないのに…。さすがだわ、優秀《ゆうしゅう》な魔女《まじょ》は人を見ぬく力がある。」

「エッちゃんのごせんぞさまだもの。すてきにきまってる。」

ゆうが、またほめました。

「あたし、ゆうとたけしに会えて、どんなにうれしかったことか。今、体中がびりびりしびれてる。ここに、『幸せ判定《しあわせはんてい》ボタン』があったら、迷《まよ》わずイエスのボタンをおすでしょう。それにしても、絵があの世とつながってるなんて、初《はじ》めて知ったわ。たましいが入ると動き出すことも、そして、一寸法師《いっすんぼうし》のお話が事実だったことも、かみさまからの使命《しめい》でたけしがこの地球《ちきゅう》へオニたいじをしにきてくれたことも…。」

エッちゃんはまるで幼《おさな》い子どものように、おどろきのひとつひとつを指をおって数えました。

ゆうとたけしは、その様子《ようす》をうれしそうに見つめていました。

しばらくすると、ジンがとつぜんおどろきの声をあげました。何やら一人静《ひとりしず》かに考えていたのです。

「そうだ、あの絵は、『この世の入り口』だったんだ。もしあの絵がなかったら、君たちは生まれなかった。あの世とこの世の境《さかい》があの絵なんだ。」

「そう、あの絵はまさしく、『この世の入り口』ね。わたしたちは、あの絵からこの世に生まれた。そのものズバリ！　さすが、ジンくんは発想が豊《ゆた》かね。あの世には、何千何百億《おく》の人々《ひとびと》が生活している。別の名で、第二の地球《ちきゅう》ともいわれてるの。花がさき、鳥が歌い、風がふき、雲がわらう。いつも青空がひろがり、人々《ひとびと》も心穏《こころおだ》やかに生活している。いかりや悲しみは存在《そんざい》しない。もちろん、悩《なや》みなんてないわ。第二の地球《ちきゅう》は心《こころ》が浄化《じょうか》されうつくしいから、あらそいごとなんて起こらない。悩《なや》みがあるとしたら、地球《ちきゅう》のこと。戦争《せんそう》だけはやめさせたいって、みなさん頭をかかえてる。命《いのち》をうばいあって何になるの？　世界平和について、今一度、真剣《しんけん》に考えてほしいと思ってるわ。じつはね、あの世には、戦争《せんそう》で命《いのち》を失《うしな》った人がたくさんいるの。かたうでがなかったり、足がなかったり、目が見えない人、耳が聞こえない人も大勢いるわ。」

ゆうの口調《くちょう》は、いくぶんあらくなっていました。それを続《つづ》けるかのように、たけしが、

「小さな子どもだって戦争《せんそう》はいけないことくらい知ってる。なのに、大人《おとな》たちが歴史的《れきしてき》なことを持ち出したり、島や石油をとりあったりしてけんかしてる。これじゃ子どもたちを教育する資《し》格《かく》などない。おかしをとりあってけんかしている子どもと全《まった》く変わらないさ。子どもには、『なかよくわけあって食べなさい。』なんていってるくせに、自分《じぶん》たちがしていることはそれ以下だ。頭でわかっているだけ、たちが悪い。」

と、いきおいよく言いました。

「だけど、悪《あく》だと頭でわかっていても、やってしまうのが人間《にんげん》の悲しさなんだ。人間《にんげん》には一人《ひとり》ひとり個性《こせい》がある。個性《こせい》がちがうから、触《ふ》れ合って楽しい。でも、個性《こせい》のちがう人間《にんげん》が同じ空間で生活すると、少しずつくいちがいがでてくる。お互《たが》い話し合ってずれをなくすこともあるが、少しのずれが時間の経過《けいか》とともに大きくなり、ぶつかってけんかが起こることもある。血のつ

ながった兄弟、親子だってけんかする。まして、他人ならなおさらのこと。悲しいかな、事態はエスカレートしていく一方だ。友だちのけんか、となりの家とけんか。地域《ちいき》のけんか。県同士のけんか。国を相手《あいて》どってのけんか、イコール世界のけんか。つまりは、戦争《せんそう》ということになる。そのうち、星同士のけんかだって起こる可能性《かのうせい》もある。ぼくは、別《べつ》にけんかが悪いとい ってるわけじゃない。人とぶつかり合って、良識《りょうしき》ある人間《にんげん》に成長《せいちょう》するのだからね。でも、けんかして命《いのち》を落としてしまってはお話にならない。もっとよく考えて行動してほしいものだよ。まあ、よく言えば、それが生きてるって証拠《しょうこ》なのかもしれないけれど…。」

ジンがいいました。

「なるほどね。けんかも奥《おく》が深いわね。それにしても、人間《にんげん》ていう生き物はややこしい。悪いとわかっていたらやらなきゃいいのに、やってしまうなんて…。よくわからないわ。」

エッちゃんが頭をかかえると、ジンがいいました。

「うまく説明《せつめい》できないけれど、たとえばこんなことだ。うーん、そうだな、家に、とつぜんお客さんが手みやげをもってきたとする。箱の中においしそうなケーキが二こ。ふつうに考えたら、ひとつはあんた、ひとつはぼくのものだ。でも、ケーキのことをぼくは知らない。あんた、二つ食べちゃおうって気にならないか？」

「そりゃ、思うに決まってる。ケーキは大好物だもの。」

「人間《にんげん》がややこしいというのは、そういうことだ。頭ではわかっていても、つい欲《よく》が頭をもたげて良心《りょうしん》にゆさぶりをかけてくる。心《こころ》をもった人間《にんげん》だからこそ迷《まよ》うし、迷《まよ》った末《すえ》ついやってしまうことだってある。」

ジンは、勝ちほこったようにいいました。

「もうジンたら…。くいしんぼうのあたしに、たとえがよくないわ。」

エッちゃんがぷくっとふくれていいました。

「ごめん、たとえはちょっと極端《きょくたん》すぎたかもしれないけど、そんなところさ。」

「まあ、いい。人間《にんげん》たちの弱さがなんとなくわかったわ。それにさ、あたしたちがけんかしてもしかたないし…考えてみたら、けんかなんて、ちっぽけなことが原因《げんいん》ね。だからといって『どうぞお好《す》きなようにしてください。』ってわけにはいかない。むずかしい世の中だわ。最近《さいきん》、ますます地球《ちきゅう》は狂《くる》ってきたみたい。毎日《まいにち》、新聞やテレビでは悲しい事件《じけん》が報道《ほうどう》されている。」

「そう、だから、たけしがきてくれたんじゃないか。心強《こころづよ》いよ。」

ジンが明るくいいました。

「期待《きたい》されると、ちょっと困《こま》るな。ぼくには自信《じしん》がないんだ。何かの役に立てるといいんだけど…。」

たけしは、力無《な》くいいました。

「こう見えて、たけしは、プレッシャーに弱いの。うふふっ。でも、大丈夫《だいじょうぶ》。」

ゆうがわらっていいました。他《ほか》の三人も、つられてわらいました。

「ついさっき、あの絵が、『この世の入り口』だって話をしてたでしょ。他《ほか》の画家たちが描《か》いた絵からも、この世にでることができるの?」

エッちゃんが、たずねました。

「うーん、真実《しんじつ》はわからないけれど、これはパステル魔女《まじょ》だけが持つ魔力《まりょく》でしょうね。他《ほか》の画家の描《か》いた絵がどうかというと、今まで聞いたことがないもの。」

ゆうは、額《がく》の中にのこされた白い絵をながめていいました。

「そっか、やっぱりね。パステル魔女《まじょ》は、ただの画家じゃない。しかも、驚《おどろ》くことに、わたしのごせんぞさまだなんて、鼻が高いわ。もうひとつ質問、二人《ふたり》が絵の中からでてくる時、カウントしてたようだけど、何か意味があるの？」

エッちゃんの問いに、たけしはいきをはずませて、

「さすが、エッちゃん、いい質問だ。555年前に、ぼくたちは一度死んだ。555年ていうのは、あの世でいうと、『再生《さいせい》』に意味のある大切《たいせつ》な数字なんだ。」

というと、一回転していきおいよくテーブルにとびおりました。まるで、体操《たいそう》のマット運動を思わせるみごとな着地です。

「たけし、運動しんけい抜群《ばつぐん》ね。さすがに、かみさまが選《えら》ぶだけあるわ。きっときびしい訓練《くんれん》をしているのね。」

エッちゃんが感心していうと、たけしはちょっぴり顔を赤らめたようでした。じつは、訓練《くんれん》など、何ひとつしていなかったのです。あの世には厳《きび》しい修行《しゅぎょう》などというものはありません。反対に、こしあたりのぜい肉が気になっていました。

「再生《さいせい》ね、この数字にどんな意味がかくされているんだろう？　たけし、少しだけ考えさせてくれ。うーん。」

ジンは、数字にひそむ意味を発見しようと頭をひねりました。しばらく、考えました。でも、いくら考えてもわかりません。

「残念《ざんねん》だが、こうさんだ。」

たけしは、えんぴつをかりて紙に数字を書きました。一番短いえんぴつでも、背《せ》の何倍《なんばい》もありました。たけしは、えんぴつをだきかかえるようにして、紙の上をくるくる回りました。

「できた！」

紙には、555とかかれていました。

「555は、同じ数字が三つならんでいる。同じものが三つ集まると、思わぬ力を発揮《はっき》するものだ。確《たし》かことわざにも、こんなのがあったはずだ。えっと、『三人よれば文殊《もんじゅ》の知恵』だったかな。これは、一人《ひとり》や二人《ふたり》の時は全然《ぜんぜん》だめでも、三人集まるとすごい発見があるという意味だ。そして、もうひとつ、大切《たいせつ》なわけがある。数字の5は10の半分。つまりほどほどをあらわす。物事において、あっちにかたよらず、こっちにかたよらずほどほどが一番よい。審判《しんぱん》のジャッジだってどちらにも見方せず、フィフティーフィフティーがいい。さらに、もうひとつ。こんなわけがある。ホテルやレストランのランクだって五つ星が最高《さいこう》だろう。5はみんなに愛《あい》される数字なんだ。それに、何てったって口に出して、『ゴーゴーゴー』というと、元気がわいて楽しい気分にもなる。555は、とってもふしぎな数字なんだよ。ちなみにいっておくと、『再《さい》再生《さいせい》』は、1110年の歳月《さいげつ》がひつようになる。」

「その計算でいくと、10回目の『再再再再再再再再再再生《さいさいさいさいさいさいさいさいさいさいせい》』は、5550年後ってことになる。でも、5550年なんて、そうぞうもつかないや。」

ジンが、頭のコンピュータを作動させていいました。ようやく、いつものジンにもどったようです。

「ジン君は頭がいいのね。」

ジンはゆうにほめられて、天にものぼる気持ちになりました。ジンが続《つづ》けました。

「つまり、君たちが亡《な》くなったのは、555年前の1月27日、午後9時9分33秒てことになる。この時間を、カウントしてたわけだ。」

「その通りさ。あの世にいくと、この世紀《せいき》のカレンダーが一人《ひとり》ひとりに手わたされる。みな、555年後の次の人生《じんせい》をどう生きようかと思案《しあん》する。でも、人《ひと》により二度目を生きられない人もいる。」

たけしがひたいにしわをよせていうと、ゆうが続《つづ》けていいました。

「そうなの、一度目が悪《あく》の道にそまったり中途半端《ちゅうとはんぱ》に生きてしまったりした人《ひと》は、魂《たましい》がくさってしまうの。たいていは、死んで肉体はほろびても魂《たましい》がぬけて何回となく生き続《つづ》けることができる。ところが、一度くさってしまった魂《たましい》はもう二度と息《いき》を吹《ふ》き返さない。純粋《じゅんすい》に生きぬいた人は、特別に何十回、いえ何百回何千回と、生き続《つづ》けることができるらしいわ。魂《たましい》は永遠《えいえん》なの。やがて、時が熟《じゅく》した時、つまり、555年たった時、他《ほか》の肉体をかりて生まれてくる。」

「ヘビの魂《たましい》が、チョウになったりゾウになったりオオカミオトコになったり人間《にんげん》になったり天使になったり、それはもういろいろさ。現世《げんせ》をどう生きぬいたかで、次の肉体が決まるらしい。ドキドキする話だろう？　ぼくは、何でもいいけれど、ゴキブリだけはごめんだな。」

「たけし、もしもわたしがゴキブリだったらどうするの？」

「ええっ、そんなのあり？　そうだなゴキブリになって、もう一度ゆうと結婚《けっこん》したい。」

たけしのひとみは、まるで夏のお日さまみたいにギラギラとかがやいていました。

「でしょ。じつはわたしもよ。」

ゆうもほおをそめていいました。

「あなたたちったら、もう熱《あつ》いわね。」

「ごめんなさいね、エッちゃん。つい調子《ちょうし》にのっちゃって…。だから、人間《にんげん》たちはみなせいいっぱいに生きているの。こんな事実を知《し》らなくても、体の染色体《せんしょくたい》が知ってうずくのでしょうね。」

と、いいました。

「ところで、あなたたちは、555年前と全《まった》くおんなじ顔形《かおかたち》ね。」

エッちゃんがふしぎに思いました。

「ああ、ぼくたちは、同じ再生《さいせい》でもパステル魔女《まじょ》の絵から飛び出してきたから…。こんなことは、まれだ。さっきもいったけど例外《れいがい》なんだ。」

「パステル魔女《まじょ》のこと、もう少しくわしく教えてほしいな。きょうみしんしん。だって、あたしのごせんぞさまなんだもの。」

エッちゃんは身を乗り出して言いました。

「パステル魔女《まじょ》の絵が持つひみつは、さっき話した通り。いくら魂《たましい》をこめても、じっさいにモチーフが動きだすなんて聞いたことがないだろう？　もしも、そんな話をしようものなら、気ちがいだとうしろ指をさされるにきまってる。ところが、こんなかみわざがサッチョンパッとできてしまう。どうしてだと思う？」

たけしはエッちゃんとジンに質問しました。

「もちろん、魔法《まほう》の力でしょ。」

エッちゃんがまってましたとばかりに答えると、ゆうがいいました。

「いいえ、パステル魔女《まじょ》は魔法《まほう》をほとんど使わない。歴代魔女《れきだいまじょ》の中では、めずらしいタイプの魔《ま》女《じょ》なの。」

「えっ、それじゃ、どうして？」

エッちゃんのひとみは、まるで夜空にかがやく星のようにキラリと光りました。

「ひとことでいうと、『パステル魔女伝説《まじょでんせつ》』ね。」

「パステル魔女伝説《まじょでんせつ》？」

エッちゃんがくり返しました。

「ああ、そうさ。パステル魔女伝説《まじょでんせつ》は、あまりにも有名な話。あの世で知らないものはいない。

それほど、なぞに満《み》ちたきょうみ深い話なんだ。」

たけしがいうと、ゆうが続《つづ》けました。

「パステル魔女《まじょ》は、さっきもいったようにほとんど魔法《まほう》は使わなかった。そのかわり、画家の修業をうんと積《つ》んだ。ピカソにゴッホにゴーギャン、モネにマチスにルノワール、レンブラントにロートレックにラ・トゥール、夢二《ゆめじ》に北斎《ほくさい》にいわさきちひろ。まだまだ数え切れないほどの画家たちに会った。時代をこえ、いくつもの大陸をかけめぐった。いい絵があると聞けば、すぐにとんでいって勉強した。ほんものの絵を観《み》て、ほんものの画家の精神《せいしん》を学んだ。ある日、心《こころ》がほんわかして日だまりにつつまれるような心地よい気分を味わった。それが、自分《じぶん》流の世界の創造《そうぞう》だった。テーマは、『童画《どうが》』。生き生きとした線とパステルをつかって描《か》くどくとくの色彩《しきさい》は観《み》る人《ひと》の心《こころ》をつかんではなさなかった。パステル魔女《まじょ》は偉大《いだい》な画家として、惜《お》しまれてこの世をさった。あの世でも、やっぱり明けてもくれても童画《どうが》をかいていたって。ある朝のこと、絵の中の童女《どうじょ》がとつぜん動きだした。おどろいていると、童女《どうじょ》が『わたし、あなたからたった今、命《いのち》をさずけてもらった。大きく息《いき》をすると深呼吸《しんこきゅう》ができた。手を動かすとぐるっと回せた。それから、あしをあげたらスキップがふめた。初《はじ》めてうまれたはずなのに、以前《いぜん》どこかで同じように動いていたという『記憶《きおく》』がよみがえってきたの。わたし、555年前も、確《たし》かに生きていた。ありがとう。もう一度、現世《げんせ》へ』といったしゅん間、童女《どうじょ》が絵の中から消えたんだって。現世《げんせ》へとび出していった？　もしもそうだったら、再生《さいせい》ってことになる。でも、真実《しんじつ》はだれにも確《たし》かめられない。それが、『驚異《きょうい》のパステル魔女伝説《まじょでんせつ》』のおおよその内容。ああ、のどがかわいちゃった。エッちゃん、つめたいお水ちょうだい。」

ゆうは、エッちゃんから差し出された水をごくごくのんでからっぽにしました。冬だというのに、よっぽどこうふんしていたのでしょう。

「ぼくが、この話を信《しん》じたのはついさっきなんだ。じつは、ぼくにはある不思議《ふしぎ》な体験《たいけん》があった。でも、あの時は素直《すなお》に信《しん》じることができなかった。」

たけしが、どこか遠くを見つめるようにいいました。

「不思議《ふしぎ》な体験《たいけん》？」

「ああ、そうなんだ。聞いてくれるかい？」

「もちろん。」

エッちゃんとジンがが、同時に答えました。

「あの世の大親友がとつぜん姿《すがた》をけした。へんだなと思っていたら、二、三日してこの世からテレパシーが送られてきた。『わたしは死んでから555年たって、また生まれた。パステル魔女《まじょ》の絵からとびだして、第二の人生《じんせい》を送っている。君に別《わか》れもいわずにごめんよ。この世は心《こころ》がはずむものだ。縁《えん》があったら、今度は現世《げんせ》で会おう。』って。とつぜん親友がいなくなり、ぼくはとほうにくれた。絵からとびだすなんてゆめのような話は理解《りかい》できなかったけど、親友がいなくなったことに変わりなかった。ぼくは、彼《かれ》のいない毎日《まいにち》がさびしかった。そんなぼくを、ゆうは必死《ひっし》でなぐさめてくれた。ゆうには、どんなに感謝《かんしゃ》してもたりないだろう。あの事件《じけん》から17年がたち、ようやく忘《わす》れかけている時、今度はぼくたちがここにいる。この世だ。今ぼくは確信《かくしん》した。親友の話、つまりはパステル魔女伝説《まじょでんせつ》はほんとうだったと…。これから先、この世の生活は、どんなに心《こころ》はずませることだろう。」

たけしがいいおえるかおえないかの時、ゆうが言葉をさえぎるようにいいました。

「だけど、よろこんでばかりはいられない。わたしたちには、はたさなければならない使命《しめい》があるもの。そのために生まれたの。」

ゆうは真顔《まがお》でいうと、たけしは、

「かんじんな使命《しめい》を忘《わす》れるところだったよ。ゆう、その前に、まず、大きくしてくれないかなあ。」

と、両手をあわせました。

「ごめん、わすれてた。」

ゆうは、あわてて持っていたうちでのこづちを左右にふりました。するとどうでしょう。つまようじほどしかなかった一寸法師《いっすんぼうし》の身長は、ジンをこしエッちゃんをこし、お姫様《ひめ》をこして頭一つ分でたところで止まりました。

「すごい！　おとぎばなしとおんなじ。やっぱり、あなたたちは再生《さいせい》したんだわ。二度目のたんじょうよ。おめでとう。」

エッちゃんが、かんせいをあげました。

6　オニたいじのはじまり

「グーガーガー、ガーガーグアー。」

「グーグーグー、ガオーガオー。」

「ググチッスースー、ググチッスースー。」

「スーグァースーグァー、スースーガー。」

部屋《へや》中に、いびきの大合唱《だいがっしょう》が始まりました。

お互《たが》いの名誉《めいよ》のため、どれが、だれの音なのかはないしょにしておきましょう。

だんろの前で、４人がざこね。むちゅうで話しているうち、いつの間にかねむってしまったのです。ねむりについたのは、明けがたの5時ごろでした。

はと時計がなりました。お昼の12時を知らせる曲が流れると、エッちゃんが目をさましました。

「よくねたー。」

背《せ》のびをすると、そばにゆうとたけしがねていました。

「一寸法師《いっすんぼうし》がきたのは、ゆめじゃなかったんだ。てっきりゆめかと…。」

その時、ジンが朝のさんぽからもどってきました。

「今日《きょう》から、いそがしくなる。この世のオニたいじがはじまるんだからね。」

「ええ、ゆうとたけしのかつやくが楽しみだわ。いったい、どんなオニを退治《たいじ》してくれるのかしら？」

「そうなんだ。そこがかんじん。その前に、まず、はらごしらえだ。」

「元気のでるメニューにするわね。」

おいしいかおりが部屋《へや》中にたちこめると、ようやく、ゆうとたけしが目をさましました。

「いいかおり。エッちゃん、これなあに？」

「焼《や》き肉よ。」

「555年前の地球《ちきゅう》にはなかった。わたしお肉には目がないの。」

ゆうは、ごはんを三ぜんもおかわりし、焼《や》き肉をぺろっとたいらげました。たけしは目を丸くして、

「そんなに食べて大丈夫《だいじょうぶ》かい？」

と心配そうにいいました。

「食べなきゃいくさはできない。たけしこそしっかり食べなさいよ。」

ゆうは、シャツの上からふくらんだおなかをポンポンたたいてみせました。たけしは顔をしかめて、

「おいおい、それがつつましやかな女の子のすることかね。ぼくはげんめつだよ。」

といいました。

「うふっ、何だかあたしたちとにてる。」

エッちゃんはうれしくなって、るんるん鼻歌まじりで食器を洗《あら》いました。

窓《まど》の外には、お日さまがお空の真上のレストランで、ちょうどランチをとろうとしていました。雲のソファーにこしかけて、メニューをながめると、カラスのコックさんにいいました。

「焼《や》き肉にするわ。魔女《まじょ》さん家《ち》をのぞいていたら、よだれがでてきたの。なんだか元気がでそう。そうだ！　今日《きょう》は、地球《ちきゅう》をかんかんでりにしてあげましょう。」

「お日さま、お言葉ですが、まだ、少しはやいのでは？　季節《きせつ》は冬ですよ。カーカー。」

「カースケ、よく考えて。地球《ちきゅう》に一寸法師《いっすんぼうし》がきたのよ。久《ひさ》しぶりの再会《さいかい》。これがよろこばずにいられる？　うれしくてたまらないの。わたしだって、たまには、はめをはずしたくなることもある。季節《きせつ》のことなんて、今は考えたくない。」

「がってんしょうち。お日さまたってのおねがいだ。特別の焼《や》き肉をつくりましょう。」

カラスのコックは、まめしぼりのはちまきを頭にぎゅっとしめると、ドームの鉄板《てっぱん》でまぼろしの超《ちょう》高級肉350キロをジュージューやき、特性《とくせい》ソースをかけました。かくし味は子ゾウの体

ほどあるバレンタインチョコ。とろりとろとろとけ始めたころ火をとめ、銀のおさらにもりつけます。

「いっちょう、あがり！」

お日さまは、おいしさにうっとりしました。

「なんてやわらかいお肉。舌《した》の上でとろけるような食感だわ。」

バレンタインチョコには愛《あい》がつまっていたので、お肉を格別《かくべつ》おいしくするのです。

「ごちそうさま。」

焼《や》き肉を食べ終《お》えると、どうでしょう。とつぜん、春一番がふき、菜《な》の花やタンポポがさきサクラは芽《め》をだしつぼみをつけ今やまん開です。季節《きせつ》は春まっさかりになりました。しばらくすると、まっ青《さお》な空にいわし雲がうかび、ひまわりがさきせみがみんみん鳴きました。暑《あつ》い夏のとうらいです。

「夏がきたわ。」

カレンダーが一月から八月まで一気に七まいもめくられて、世の中は夏になりました。

気温が40度近くもあるのに、だんろの火をもやすことなどできません。ヒーターがせんぷうきやクーラーにかわり、とっくりのセーターがはんそでシャツになりました。

「あたしったら、すっかり忘《わす》れてた。学校があったんだ。」

「完全《かんぜん》にちこくだね。あせってもむださ。もうとっくにお昼をまわってる。」

ジンが、落ち着きはらっていいました。

「あたし、こんな時に、世界中であんたが一番嫌《きら》いになるの。」

エッちゃんが学校へ行くと、校長先生が下着姿《すがた》になりうちわでぱたぱたあおぎながらいいました。シャツの下からつきでたおなかは、まるで妊婦《にんぷ》さんのようにふくれあがっています。

「魔女《まじょ》先生、今日《きょう》から夏休みです。子どもたちがいませんのでお帰りください。他《ほか》の先生たちにも、そうお伝《つた》えして帰ってもらっています。よいバケーションを…。」

「は、はい。今日《きょう》はちこくしてしまって申《もう》しわけありませんでした。」

「そんなことはかまわんよ。どうせ、夏休みなんだから…。午前中、校長会議《かいぎ》がひらかれて決定した。冬休みが終《お》わったばかりだが、夏休みにしようとな。」

校長先生は、こおりのはいった麦茶をがぶがぶのみながらいいました。あまりの暑《あつ》さで、めがねまであせをかいていました。

「はい、ありがとうございます。校長先生もよいバケーションを…。」

エッちゃんは、ほっとして学校を出ました。しかし、よく考えると少し前、年が明けたばかり。まだ、一月です。でも、こんなに暑《あつ》くては勉強だって頭にはいらないでしょう。

「へんだなあ。きのうのばんはあんなにさむかったはずなのに…。」

エッちゃんがつぶやきました。

「ただいま。」

「もう帰ってきたの?」

ジンがおどろいてたずねました。

「学校は今日《きょう》から夏休みなの。」

「ええっ。夏休み? だけど、この暑《あつ》さは夏本番。それにひまわりがさいていたら、冬なんていってられないからね。全《まった》く、すごい異常気象《いじょうきしょう》だよ。」

　空の上では、お日さまが、

「ちょっと、派手《はで》にやりすぎたかしら。でもね、あたしだってはめをはずしたい時だってある。」

といいました。

「たまには、いいですよ。いつも、まじめに働《はたら》いていると、ストレスがたまるものです。ガスぬきみたいに、こうして出さないと、いつかばく発してしまう。そんなことになったらたいへんだ。地球《ちきゅう》の未来《みらい》は長いのです。」

カラスのコックがいいました。お日さまは、いっしゅん顔をくもらせましたが、

「ありがとう。その言葉を聞いてほっとしたわ。じつは、ちょっぴり反省《はんせい》していたの。１００年に一度くらいいいわよね。」

というと、また、光のうでを地球《ちきゅう》にのばしました。


「きめた！　ゆうとたけしのオニたいじについていく。四十日間のぼうけんだわ。」

エッちゃんは、ぽんぽんはずんで部屋中《へやじゅう》をかけ回ると、れいぞうこからオレンジジュースをだしごくごく飲みました。

「あれれっ、エッちゃん、もう学校から帰ってきたの？」

たけしが、おどろいて声をかけました。

「学校は夏休み。あたし、オニたいじについていく。ねえ、おねがい。そうさせて。もう決めちゃったんだから、いやだなんていわないでね。そうだ、その前にこの町、案内《あんない》しようか？」

エッちゃんはいきをはずませていいました。

「いやだなんてだれがいうの？　だって、考えてみて。この地球《ちきゅう》のこと、何も知らない二人《ふたり》が放《ほう》

り出されたところで何ができると思う？　エッちゃんがいたら、どんなに心強いことでしょう。ねっ、わたし、今すぐ地球《ちきゅう》の空気がすってみたい。」

「よかった。それじゃ、さっそく出発！」

「まってました。」

たけしは、こしに刀《かたな》をさしていいました。

「どきどきするわ。」

ゆうは、手にうちでのこづちを持って言いました。

「うふふっ、あなたたち、ちょっとアンバランスね。ジーンズに刀《かたな》、ジーンズにうちでのこづち。使わないいならおいていけば？」

「そうなんだ。おいていけたら、どんなにか楽だろう。でも、ぼくたちにはできない。習慣《しゅうかん》になってしまったんだ。出かける時は必ず身につけてる。」

「お守りみたいなものね。ないと不安なの。もしかしたら、ひどいことが身に起こるかもしれない。そんな予感《よかん》で胸《むね》がつぶされそうになる。そんな思いをするくらいだったら、身につけていた方がいい。」

ゆうは、うちでのこづちを左右にふってみせました。

「その気持ちわかる気がする。いいわ、堂々《どうどう》と持ってて！　今の世は個性《こせい》の時代、誰《だれ》も何もいわない。『アンバランスの美』って、言葉があるくらいだもの。それに、そのかっこうだったら、正体《しょうたい》はばれない。」

ゆうとたけしは、どこから見てもただの人。一寸法師《いっすんぼうし》とおひめさまには、見えませんでした。もっとも、お話の英雄《えいゆう》がこの世に存在《そんざい》するなんて、だれも思わなかったので、心配する必要《ひつよう》など全《まった》くありませんでしたけどね。

「さあ、うしろにまたがって！　今日《きょう》はお天気がいいから、空のたびにしましょ。」

エッちゃんは戸口《とぐち》にかかっていたほうきをとると、ほこりをはらいました。ずいぶんとごぶさたしていたようです。

「ええっ、ほうきでとぶの？」

ゆうはおどろいていいました。

「そうよ、魔女《まじょ》だもの。魔女《まじょ》は大昔《おおむかし》から、とぶときはほうきと決まってる。」

「ぼくたちは魔女《まじょ》じゃない。おちたら、どうなるの？　ぼくは高いところが苦手《にがて》なんだ。」

「大丈夫《だいじょうぶ》。あたしに、しっかりとつかまってて。」

二人《ふたり》は空をとぶのなんて初《はじ》めてです。がたがたふるえてほうきにまたがりました。エッちゃん、たけし、ゆうの順《じゅん》です。一番こわがりのたけしはまん中を選《えら》びました。ほうきのばあさんは、

「こりゃ、楽しくなってきたぞ。」

と、いたずらな目を光らせました。三ヶ月ほど、戸口《とぐち》にかかったままだったのです。どんなにたいくつしていたことでしょう。とべる日をいまかいまかとまっていたのです。

三人がまたがると、ほうきのばあさんは、「えいっ」と力強いかけ声をかけ体をうかせました。ところが、どうしたことでしょう。次のしゅん間、よろめきました。

「しまった。三人か。重いわけじゃ。だが、まけんぞ。」

というと、気をとり直してうき上がり時速100キロのスピードでとびました。ふつうのほうきなら、おこってにげだすところでしょう。でも、ばあさんは持ち前の気の強さで軽々《かるがる》ととんでみせました。

「ごめん、ほんとうは四人なんだ。」

ジンは、エッちゃんのせなかにかくれていました。

「いい気持ちね。雲の上がこんなにきれいだなんて…。空気もおいしい。」

ゆうはおなかいっぱい空気をすって、下界《げかい》を見おろしました。家や車がおもちゃのように見えました。

「ヒェー、こわいよう。」

たけしは、目をつぶったままエッちゃんにしがみついていました。こんなに高いところが苦手《にがて》だったなんて、本人も知らなかったでしょう。

「わっはっは。三人のせてもこのスピード。わしの体力はちっともおとっておらん。まだまだ若《わか》者《もの》にまけんぞ。」

ほうきのばあさんは自信満々《じしんまんまん》に高わらいをすると、スピードをさらにあげました。すれちがったタカのチャンピオンが、

「ほうきのばあさんに負けるなんて、くやしい。秋の大会までに、特訓《とっくん》をして力をつけよう。」

とつぶやいて、『鳥のトレーニング場』へと消えていきました。

しばらくすると、たけしはようやくスピードにもなれ目をあけました。その時です。下界《げかい》には、ふしんな男のかげが見えました。

「あっ、どろぼうだ!」

たけしはとっさにさけびました。トロンボーンのような低《ひく》い声が空にひびわたると、鳥たちがおどろいてやってきました。

しかし、こんな高い空の上から、たけしはどうしてどろぼうだと気づいたのでしょう。じつ

は、どろぼうたちはこのくそ暑《あつ》いのに、黒のスーツを着こみ、おそろいのにじ色トンボメガネをかけていたからです。おそらく、だれの目にも、『あやしい三人組』にうつったでしょう。今まさに、どろぼうがぬすみを終《お》え、げんかんのかぎをしめているところでした。一人《ひとり》は見はり。もう一人《ひとり》は、おちつかずうろうろとしていました。

「あそこへ着地！」

たけしがさけびました。そのしゅん間、ほうきは一回転しました。ほうきのばあさんは、いねむりをしていたのです。

さて、四人はどうなったでしょう。ひめいをあげまっさかさま。ぐるぐる回りながら下界《げかい》へおちていきました。あわや、地面とごっつんこというそのしゅん間、ほうきのばあさんは三人を順《じゅん》にキャッチしました。

「ホイ、ホイ、ホイッ、セーフ！　どうじゃ、みごとな腕前《うでまえ》だろう。」

ほうきのばあさんはじまんげにいいました。エッちゃんは、

「いねむりなんて、どうかしてる。仕事はもっと誠実《せいじつ》にやってね。」

と文句《もんく》のひとつも言おうとしたのですが、ほうきのばあさんの顔があまりにも、バラ色にかがやいていたのでやめました。

ジンはどうしたかって？　もちろん、33回転して地上に着地しました。いちおう、ねこでしたからね。それくらいは、ネコ族《ぞく》のじょうしきでした。

「手をあげろ。」

背《せ》の高いけいさつ官《かん》が立っていました。こしにさしてあった刀《かたな》をのどもとにつきつけると、三人のどろぼうは、目を白黒させ手をあげました。

「やめてくれ！　おいら、ちゅうしゃが大嫌《きら》いなんだ！　どんなひどいかぜをひいたって病院には行かない。」

キツネ顔のやせっぽちが、ぶるぶるふるえていいました。

「おれだってそうさ。とがったものは大嫌《きら》い。だから、まんまるのとんぼめがねを愛用《あいよう》してる。」

タヌキ顔のふとっちょが、ひたいにあせをかいていいました。

「ああ、おっかさーん！　この針《はり》を見ると、亡《な》くなった田舎《いなか》のおっかさんのことが…。いつもぬいものをしてくれたっけ。」

サル顔のちびが、涙《なみだ》をこぼしていいました。

　この光景《こうけい》をみていたエッちゃんは、

「最近《さいきん》のけいさつ官《かん》って、ピストルじゃなくて、刀《かたな》をけいたいしてるんだっけ？」

と首をかしげました。そして、自分《じぶん》にいい聞かせるように、ひとりごとをいいました。

「そんなことはどうだっていい。とにかく、大どろぼうがふるえあがってるもの。大事《だいじ》なことは、目の前のどろぼうをつかまえることよ。今がチャンス！！！」

エッちゃんは、このどろぼうたちをうわさで聞いていました。

　じつは、この町では有名な大どろぼうだったのです。五年前から『指名手配《しめいてはい》』されていましたので、だれもがトンボメガネのどろぼうを知っていました。ところが、つかまえることができなかったのです。

　けいさつ官《かん》がかけつけてきた時には、すでに消えていました。にげあしの速《はや》さは、チーターもかなわなかったにちがいありません。どんなにおそくとも、犯行《はんこう》をおかしてから、一分以内には立ち去っていました。けいさつ官《かん》たちは、通報《つうほう》をうけてから到着《とうちゃく》までに、およそ三分はかかりましたので、いつもものぬけのからだったわけです。

「ぬすんだものをだせ！」

けいさつ官《かん》は、ふといまゆをつりあげていいました。

たぬき顔のふとっちょは、せなかにしょっていたふろしきづつみをあけました。中からでてきたのは、せんたくばさみとオルゴールとミキサーでした。

「これで全部です。」

「ほかには？」

「何もありません。うたがうのなら、ほらこの通り。」

キツネ顔のやせっぽちが、はだかになりました。あばらぼねがういて見えました。

「おいらも何もない。」

サル顔のちびがポケットの中を見せるとさかだちして見せました。

「しかし、なぜこんなものを…。この家は大金もちのおやしきだぜ。宝石《ほうせき》やさつたばがどっさりあったはずだ。だのに、なぜこんながらくたを…？」

けいさつ官《かん》があきれたようにいうと、どろぼうが、次々《つぎつぎ》にいいました。

「おいら、どうしても高くしたかった。」

「おれは、ぜったいに飲みたかった。」

「おいらは、何がなんでも聞きたかった。」

どうやら、三人には深いわけがあるようでした。そばにいたゆうが、思わず、

「くわしく説明《せつめい》してくれないかしら？」

と、たずねました。

キツネ顔のやせっぽちが、目をかがやかせていいました。

「おいらにはゆめがあったんだ。このぺったんこの鼻をつんと高くしたい。そうしたら、すてきな女性と結婚《けっこん》できるかもしれねぇ。結婚《けっこん》できたら、おいら何もいらねぇ。何年か前のことだが、つきあっていた女性《じょせい》に鼻の低《ひく》い人は嫌《きら》いだってふられたんだ。このせんたくばさみをつけたら、鼻が高くなる。そんな気がしたんだ。だって、このおやしきの住人はみなそろって鼻が高い。きっと、毎晩《まいばん》、つけてねむってるんだ。そう思ったら、いてもたってもいられなくなったんだ。」

「それでせんたくばさみを…。あなたの気持ち、とってもよくわかる。」

ゆうが、うなずいていいました。そして、

「でも、鼻が高かったらもてるのかしら?」

と、首をかしげました。

タヌキ顔のふとっちょが、目をかがやかせていいました。

「おれさまは、とつぜんの夏ばてでよ。急にお日さまがでてきたもんだから、食欲《しょくよく》がわかない。ふだん食べるものといったら、カップヌードルやレトルト食品ばかり。栄養《えいよう》を考えず好《す》きなものばかり食べていたから、きっとばちがあたったにちがいない。野菜《やさい》不足で体がおかしくなっているんだろう。考える力もわいてこない。台所に入ったら、ミキサーがダイヤモンドよりかがやいてみえたんだ。宝石《ほうせき》なんぞなくたって生きていける。家には光る石が788点ほどある。だが、何の役にもたたない。ぬすんだものだから、全部かえすよ。健康《けんこう》は買えないもんな。死んじまったらおしまいだ。おれが、今一番したいことは、ミキサーで野菜《やさい》が七種類《ななしゅるい》ほどはいったジュースをごくごくのむことだ。」

「それでミキサーを…。」

ゆうは、うなずいていいました。

サル顔のちびが、目をかがやかせていいました。

「おいらは、先月おっかさんを亡《な》くしたべ。それ以来、ずっとないて暮《く》らしていた。ところが、寝室《しんしつ》に入りこんだ時、このオルゴールがふと目にとまった。何かの力がおいらをひきよせたんだ。ふたをあけたら、なつかしい曲がながれだした。曲はわからない。でも、おいらはおっかさんを思い出した。目の前に亡《な》くなったはずのおっかさんがあらわれたんだ。おいらはおっかさんをだきしめようとしたが、だきしめられなかった。そこに、おっかさんの姿《すがた》はあったが、存在《そんざい》はしていなかった。でも、おっかさんは、おいらを見つめてほほえんでた。涙《なみだ》がとまんなかった。おっかさんは、おいらに、『どろぼうはやめなさい。わたしは、人のものをぬすむ子を生んだおぼえはない。きっと、これは何かのまちがいだろう。』といった。このオルゴールさえあれば、いつでもおっかさんに会える。そう思ったら、天にものぼる気もちになった。そこで、おいら、おっかさんにちかった。」

「それで、オルゴールを…。」

ゆうは、うなずいていいました。

けいさつ官《かん》は、どろぼうたちの話をじっと聞いていました。そして、三人に、

「あなた方は、まだ、どろぼうをつづけますか?」

と、たずねました。すると、キツネ顔のやせっぽちが、

「いいえ、もう人のものをぬすむのはやめました。こんな生活はこりごりです。ちっとも楽しくない。自分《じぶん》の顔じゃなく心《こころ》をみがいて、すてきな女性《じょせい》と結婚《けっこん》します。」

と、いいました。すると、タヌキ顔のふとっちょが、

「汗《あせ》を流して、畑をたがやします。ニンジンにアスパラ、ピーマンにナスにトマト、キュウリにホウレンソウをつくって、毎日《まいにち》、健康《けんこう》ジュースがのみたいです。」

といいました。すると、サル顔のちびが、

「今までぬすんだ物を全部おかえしします。べつにほしかったわけじゃありません。ただちょっとだけ、世の中をさわがしてみたかったのです。何の能力《のうりょく》もないおれたちだって、こんなすごいことができるんだって、力をしめしてみたかった。ただそれだけです。もう十分、目的をはたしました。いくどか、どろぼうなんてやめようって話もしたけれど、やめるきっかけがつかめなかった。おれたち、悪人のスーパースターになっちまったでしょう。だから、続《つづ》けることしかできなかったのです。」

と、いいました。ゆうは、話を聞くと、

「なんだか悲しい話ね。世間《せけん》のために、自分《じぶん》たちの心《こころ》を無視《むし》してスターをえんじてたってわけね。」

と、ぽつんといいました。

「ええそうです。だから、今回、つかまってせいせいしました。さっきも、おっかさんにちかったところです。これを機《き》に、おいら、どろぼう稼業《かぎょう》からきっぱりと足をあらうつもりです。」

サル顔のちびは、黒いスーツをぬぎすて、とんぼめがねをとりました。すると、他《ほか》の二人《ふたり》もスーツをぬぎすて、とんぼめがねをとりました。

「しかし、あなたはたいへん有能《ゆうのう》なけいさつ官《かん》です。今まで、だれもおれたちをつかまえることができなかったのに…。」

きつね顔のやせっぽちが、ほめたたえていいました。

「どこのけいさつ官《かん》ですか?」

聞いたのは、タヌキ顔のふとっちょです。

「ぼくは、第二の地球《ちきゅう》『せいぎのみかた署《しょ》』からやってきました。ところで、君たちの判決《はんけつ》だが…。」

けいさつ官《かん》は、ここまでいうと、言葉を止めました。何やら考えているようです。

どろぼうたちは体をカチンコチンにして、次の言葉を待《ま》ちました。おそらく、五、六年の刑《けい》でしょう。覚悟《かくご》はできていました。下を向《む》き、うなだれていました。

「君たちは無罪《むざい》ほうめん。とらえるのはやめにする。」

けいさつ官《かん》の声が空高くひびきました。

「えっ?」

空の上では、集まった鳥たちがピーチクパーチク、おどろきの声をあげました。

「そんなばかな? おれたちは、ぬすみをはたらいたんですよ。とらえないなんて、お気はたしかですか?」

三人がいっせいにさけびました。

「とらえられたいですか?」

けいさつ官《かん》がたずねると、どろぼうたちは、

「いえ、そんなことはないですが、しかし…。」

「どうしてまた?」

「これは、もしかしてゆめ? しんじられないことです。」

と、しどろもどろにいいました。

「無罪《むざい》の理由はふたつあります。まず、ひとつめ。君たちは、ぼくに、ぬすんだものを全部返すという約束《やくそく》をしました。返すということは、反省《はんせい》している証拠《しょうこ》。まれにそうでない場合もありますが…。ぼくは君たちを信《しん》じます。持ち主はどんなに困《こま》っていることでしょう。返す期間は今日中《きょうじゅう》。ただし、だれにもわからないよう返してくるのですよ。なんせ、君たちは、スーパースターなのです。決して、す顔を見せてはいけません。」

「はい!」

「はい!」

「はい!」

どろぼうたちの声が空高くひびきわたりました。鳥たちは、地震《じしん》とかんちがいしてそれぞれの巣にかえっていきました。

「そして、二つ目。何よりも、君たちには未来《みらい》のゆめがあります。これからの人生《じんせい》を、ゆめ実現《じつげん》のためにつかってほしいのです。人間《にんげん》は必ず死にます。死のいっしゅんまで、いっしょうけんめいに生きてほしいと思っています。努力《どりょく》することは尊《とうと》いことです。ゆめは、お金じゃ買えません。ずっとずっと大事《だいじ》にしてほしいなあ。」

けいさつ官《かん》は、そういうとドロンパッ! と消えました。大どろぼうの三人組は、ポカンとした顔でしばしたちつくしていました。

「あのけいさつ官《かん》は、きっとかみさまにちがいない。ありがとうございます。おれたち、これからの人生《じんせい》をまっ正直に生きます。」

どろぼうたちの心《こころ》の声でした。

「たけし、いったいどこへいったのかしら…?」

エッちゃんとジンは、あちこちさがし回っていました。高いところをこわがっていたので、どこかで気をうしなっているのかもしれないと思ったのです。ゆうが、エッちゃんとジンの様子《ようす》に気づき、

「あのね、じつは、」

というと、けいさつ官《かん》の耳もとで、うちでのこづちをカランコロンとならしました。

「もとの姿《すがた》にもどれ。」

というと、けいさつ官《かん》が、たけしになりました。このうちでのこづちには、ひみつがありました。ゆうがねがいごとをいうと、かなえてくれるのです。

「ええっ、どういうこと。」

エッちゃんがおどろいていいました。

「こういうことさ。」

たけしが笑《わら》っていいました。

ということで、いっけんらくちゃく。今日《きょう》はただの空の探検《たんけん》のはずが、大事件《だいじけん》を解決《かいけつ》したのでした。

「たけしってすごい。」

その晩《ばん》、エッちゃんはこうふんしてねむれませんでした。人間界《にんげんかい》へ来て一日目。たけしのオニたいじは大成功《せいこう》をおさめました。

7　たけしがまた消えた？

「たけしのおかげで、この町の大どろぼうがいなくなった。五年間の間にぬすまれた品物やお金が戻《もど》って、みんなびっくりしているわ。」

エッちゃんが、町のうわさを聞いていいました。朝の散歩《さんぽ》から帰ってきたジンは、

「だ菓子やのおばさんが、大さわぎしてた。ぬすまれたへそくりの20万円が200万円になったって。」

と、いきをはずませていいました。

「ええっ、それって十倍じゃない。」

エッちゃんの声は、うわずっていました。

「ああ、貯金《ちょきん》より利子《りし》がついたって大はしゃぎしてた。つぶれそうだったお店がもちそうだって。おばさんは、『あの大どろぼうは、ほんとうは救《すく》いのかみさまじゃった。』と、空に向《む》かい手をあわせていた。ぬすみを働《はたら》いた他《ほか》の家にも十倍返しをしているらしい。この町の人々《ひとびと》は、大どろぼうにすごく感謝《かんしゃ》している。」

ジンは、おさらのミルクをなめながらいいました。散歩《さんぽ》の後のミルクはかくべつおいしく感じられました。

「そうでしょうね。お金が増《ふ》えてよろこばない人はいないもの。」

エッちゃんは、大きくうなずきました。

「三丁目のけちけちばあさんなんか、『家からは何もぬすまなかった。今からでもおそくはない。ぬすみにきなされ。金庫のカギをいつでもあけておく。』なんて、わけのわからないことをいってた。気でもふれてしまったのかなあ。」

「ジン、けちけちばあさんの家のつくり知らなかったっけ？　あのばあさんの家は、いたるところに、センサーがはりめぐらされているの。あれじゃ、いくら優秀《ゆうしゅう》などろぼうだって入れない。本人がどろぼうとかんちがいされて、パトカーが三台もきてしまったこともあるほどよ。その上、大金をもっているのに、おまつりの寄付《きふ》や募金《ぼきん》なんて一度もしたことがないでしょ。どちらかっていうと、この町ではのけ者あつかいなの。次第《しだい》に、だれも戸をたたかなくなった。悲しいけれど、これからも、あの家には虫一ぴき近よらないでしょうね。他《ほか》のどろぼうたちにだまされないことを祈《いの》るわ。」

エッちゃんは、おなべに水をいれると火をつけました。

「そうだったのか。でも、心配だなあ。あのようすでは、きっと…。」

ジンは、不安をかくしきれずにいいました。

「心配してもしかたないわ。ところで、どうして十倍返しなんてしたんだろう。」

エッちゃんが首をひねりました。まな板の上では、とうふがさいの目にきられ、ねぎがこまかくきざまれました。

「うーん、まっ先に、考えられるのは、おわびのしるし。ただ、とったお金を全額返すだけじゃあやまり足《た》りなかったんだ。ああおいしかった。おかわり。」

ジンのおさらのミルクはからっぽです。

「今朝《けさ》、しぼりたてのミルクをしんちゃんがとどけてくれたの。しんちゃんの家は牧場をやってるでしょう。緑いっぱいの野原で、牛たちがのんびり放し飼《が》いにされている。だから、格別《かくべつ》おいしいの。ゆうとたけしもいかが？　冷蔵庫《れいぞうこ》にはいってるわ。」

エッちゃんは朝食の準備をしていて、手がはなせません。生やさいをちぎり、さかなを裏返《うらがえ》し、たまごを焼《や》いていました。部屋《へや》がおいしいかおりにつつまれると、あちこちでおなかのむしがなき出しました。

たけしはれいぞうこからミルクをとりだすと、ジンのおさらになみなみとつぎました。そして、ゆうと自分《じぶん》の分もコップにつぎました。グラスに入った白い液体を見ていたら、忘《わす》れかけていた母のおもかげがよみがえってきました。

「ありがとう。」

ジンは、おいしそうにぺろぺろなめました。

「ミルクの味をはじめて知ったよ。細胞《さいぼう》までしみわたるおいしさだ。」

たけしは前世《ぜんせ》でもミルクの味を知りません。体が三センチしかなくて、母《はは》はたけしを化《ば》け物《もの》だと思ったので、ミルクも与《あた》えなかったのです。母乳《ぼにゅう》がでなかったのが、さらに事態《じたい》を悪化させたようでした。

「こくがあってとってもおいしい。こんな濃厚《のうこう》なの初《はじ》めてよ。一度、しんちゃん家の牧場にいってみたいな。そうそう、さっきの十倍返しの話だけれど、わたしも、ジン君のいうようにおわびのしるしだと思うわ。ぬすんだお金だけでは申《もう》し訳《わけ》ないって反省《はんせい》したのよ。きっとそう、心《こころ》根《ね》のやさしいどろぼうたちだったもの。そうだ！」

ゆうは、何かひらめいたようすです。ミルクをごくごく飲むと、ひとみをサファイアのようにかがやかせていいました。

「こうも考えられないかしら…？　お金があったら、0からの出発はできない。どろぼうたちは本気で出直しをしたかった。ほんとうの無一文《むいちもん》になりたかったにちがいないわ。働《はたら》いてお金を得《う》ることが目的。ならば、0からスタートしようって。きっとそうだわ。」

というと、ゆうはぎゅうにゅうをのみほしました。

「でも、十倍返しのお金はどこからでてきたのかしら。三人ともまともに働《はたら》いてなかったわけでしょ。稼業《かぎょう》はずっとどろぼうだったはず。」

エッちゃんはおなべにみそとだしをいれ味かげんをみると、また首をかしげました。

「ああ、あのお金はやみのお金だ。黒幕《くろまく》から疑惑《ぎわく》のお金をうばいとってあった。一人《ひとり》は政治通《せいじつう》で、常《つね》に新しい情報《じょうほう》を入手してぬすみをはたらいていたらしい。」

たけしはなれた手つきでテーブルをふくと、おちゃわんをならべながらいいました。生前《せいぜん》していた習慣《しゅうかん》が、ついでてしまいます。

「たけしったら、くわしいわね。どこから情報《じょうほう》を入手してきたかしらないけれど、たいしたものね。あっ、そうか！　やみのお金だったらなくなっても紛失届《ふんしつとど》けはだせない。うまく考えたものだわ。あの三人、けっこうやるじゃない。」

エッちゃんはちゃわんにおみそしるをよそいながら、こうふんしてさけびました。それが事実なら、あのどろぼうたちは本当に英雄《えいゆう》ってことになります。やみのお金を市民に分け与《あた》えたのですから…。

「あの大どろぼうたち、もう二度とぬすみをはたらかないでしょう。ひとみが青空のように澄《す》みきっていたもの。言葉ではごまかせても、ひとみはうそをつかない。わたし、あの時の反省《はんせい》は本物だと信《しん》じる。きっと、何かの形でつぐないをすると思う。」

ゆうは、ちゃわんにごはんをもりながらいいました。

テーブルにならべると、白いゆげが天井《てんじょう》にゆらゆらとのぼっていきました。お米は、まるでダイヤモンドみたいに光っています。ゆうは、たきたてごはんのまぶしさに思わず目を細めました。

「ゆうのいうとおりさ。だから、ぼくは、三人をとらえなかった。もし、心《こころ》がゆがんで口先だけだったなら、すぐにつかまえてけいさつへつれていっただろう。信《しん》じられる何かがあった。」

たけしも、ややこうふん気味《ぎみ》にいいました。

「あんなに暗かった町が、たけしのおかげで急に明るくなった。『正義《せいぎ》の味方《みかた》があらわれた！』って、今度は大さわぎ。たけしのことを、町中の人々《ひとびと》が、『刀《かたな》をさしたいけめんスーパーけいさつ官《かん》』ってうわさしてる。おばさんたちのおっかけが始まらないといいけれど……。いつの時代にも、ヒーローって存在《そんざい》するものね。あたしも、ヒーローになりたいな。」

エッちゃんがいうと、ジンが、

「ヒーローっていうのは男だろ。女はヒロインていう。まあ、今のあんただったらヒーローの方があっているかもしれないけどね。」

と、にくまれ口をたたきました。

「あんたなんか、どこかにいって。ここにしてほしくない。」

エッちゃんが、とつぜんきれました。その様子《ようす》をみたゆうが、あわてて中に入りました。

「二人《ふたり》とも、けんかはやめて！　せっかくわたしたちがきたんだもの。なかよくお食事をしましょう。」

ゆうは額《ひたい》にしわをよせていました。きれいなおでこが台無《だいな》しです。よっぽど、二人《ふたり》のけんかが悲しかったのでしょう。

　エッちゃんははっとしました。自分《じぶん》たちのせいで、ゆうを悲しませちゃいけないと思いました。

「わかったわ。ジン、今日《きょう》のことは、ゆうにめんじてゆるしてあげる。あたしったら、おなかがすいてたから、おこりっぽくなってたんだ。ジン、ごめん。」

「ぼくこそごめん。いつものジョークのつもりだった。あんなに、おこりだすなんて思わなかったんだ。」

エッちゃんとジンは、ゆうの言葉ですぐになかなおりしました。ゆうとたけしは、どんなにほっとしたことでしょう。毎日一緒《まいにちいっしょ》にいれば、これくらいのことで心配はしないのですが、まだ免疫《めんえき》がなかったのです。

「ゆう、たけし、ごめんね。あたしたちなかなおりしたわ。さあ、いただきましょう。せっかくの食事がさめてしまう。」

たけしとゆうは、テーブルの上の食事にどきどきしました。ごはんとみそ汁《しる》の他《ほか》に、シャケにベーコンエッグに野菜《やさい》サラダでした。

「このたまごも、しんちゃんの家からいただいたもの。産《う》みたてよ。お味はいかが?」

「黄味《きみ》がほくほくしてくりみたい。この世の食事って、こんなにおいしいのかって感心してるところさ。」

「エッちゃんは料理が上手《じょうず》ね。いろどりもばつぐん。わたしも習おうかな。」

二人《ふたり》はこうふんしていいました。

あの世とこの世では、味がちがうのはとうぜんのことでした。この世では、ゆめに向《む》かって努力《どりょく》するエネルギーを食事からとらなければなりません。ところが、あの世では、その日すごせるだけの栄養《えいよう》がとれればいいのです。そんなわけで、あの世の食事は薬が用意されていました。チョコボールほどの大きさの薬の中にいろんな栄養剤《えいようざい》がつめこまれていたのです。味もそっけもないのは当然のことでした。そんなこともあり、ゆうとたけしはこうふんしていたというわけです。

「さっきの話だけれど、ヒーローっていうのは人間《にんげん》たちのあこがれ。かけがいのないゆめなの。ゆめがないと人間《にんげん》は生きていけない。いわば、生きるためのエネルギーみたいなものね。たけしはヒーロー。つまり、人間《にんげん》たちにとって必要《ひつよう》な存在《そんざい》なの。」

エッちゃんはさっきのいかりはどこへやら。ひとことひとことかみしめるように、静《しず》かに語りました。

「ぼくがヒーロー？　よくわからないなあ。エッちゃんは人をほめる天才だね。それに料理もとってもおいしいや。ほら、この通り。」

というと、からっぽの器《うつわ》を見せました。たけしの声ははずんでいました。

「おかわりはいかが？」

「ごちそうさま、ぼくは、もうおなかいっぱい。」

たけしは、よろこびで胸《むね》がいっぱいになっていたのです。

「エッちゃん、わたしは、もういっぱいいただくわ。」

ゆうは三ばいもおかわりしました。体は細いのに、たけしよりよく食べました。

「このところ、地球《ちきゅう》では、いやな事件《じけん》ばかり連続《れんぞく》しておきている。いやなことはマイナスに作用《さよう》する。」

ジンが顔をしかめていいました。

「マイナスに作用《さよう》？」

ゆうがたずねました。

「簡単《かんたん》に説明《せつめい》するとこうだ。いやなことは心《こころ》をいためるだろう。心《こころ》がいたむと、だれしも悩《なや》んだり悲しんだりする。悩《なや》みや悲しみは体からエネルギーをうばい取る。つまり、マイナスに作用《さよう》するってことさ。だから、つい目をそらしたくなる。反対に、楽しいことはプラスに作用《さよう》する。楽しいと、心《こころ》は明るくなるだろう。心《こころ》が明るくなると、だれしもよろこんだり幸《しあわ》せ気分になったりする。よろこびや幸《しあわ》せはエネルギーを生み出す。心《こころ》の芯《しん》までしびれあがって生きるエネルギーを発電するんだ。つまり、プラスに作用《さよう》するってことさ。ふたつの間には、消費《しょうひ》と生産《せいさん》ほどのちがいがある。どちらがいいかは、一目《いちもく》りょうぜん。だれだって、楽しいことに心《こころ》うばわれて生活したいと思うだろう。それが人間《にんげん》たちの本能《ほんのう》さ。そして、それが、さっき話題になった『ヒーロー化現象《げんしょう》』を引き起こしている。いずれにしても、たけしの人気《にんき》はすごい。」

ジンは、人間《にんげん》たちの真理《しんり》を分析《ぶんせき》していいました。

「ジン君は哲学者《てつがくしゃ》ね。」

ゆうが感心していうと、ジンは顔を赤くそめました。

　ジンの頭脳《ずのう》は、ネコ族《ぞく》の平均《へいきん》をはるかに上まわっていました。いいえ、それどころか、人間《にんげん》の最高《さいこう》のレベルまで達していました。今、ここに世界の歴代哲学者《れきだいてつがくしゃ》、ソクラテスやカント、モンテスキューがいたら、楽しく会話できたにちがいありません。

　外では、アサガオがつるをのばしていました。とつぜんの暑《あつ》さで、まだ種《たね》だったアサガオが急に成長《せいちょう》を始めたのです。芽《め》を出しふたばを出し本葉を出しつるをまきあげました。空では、お日さまが、「ここまでおいで！」と光のうでをのばし、エールをおくっていました。ちょうしにのったアサガオは、常識《じょうしき》をやぶって家の屋根をこし、15メートルほどもあるサクラの木にからみつきました。頂上《ちょうじょう》までたどりついたら終《お》わりかと思ったら、今度は、アンテナをつたい、どんどん横にのびていくではありませんか。いったい、どこまでのびていくのでしょう。

　むてっぽうなアサガオのことなどに目をくれるひまもなく、エッちゃんの家ではあいかわらず会話がはずんでいました。

「へんねぇ。子どもたちは、夏休みなのにあそばないの？　声が全《まった》く聞こえない。」

ゆうが、窓《まど》の外をながめながら首をひねりました。

「ええ、この町ではほとんどの子が学習塾《じゅく》へ通ってるの。少し前は少なかったのだけれどね。ここ三、四年で、タンポポ駅の周りは塾《じゅく》だらけ。タンポポっていえば、昔《むかし》、このあたりは一面にタンポポがが咲《さ》きほこる野原だったそうよ。今は、そのかげもない。」

エッちゃんが、さびしげにいいました。

「どうりでへんだと思ったよ。タンポポがひとつもないのに、タンポポ駅だなんて。今だったら、学習塾《じゅく》駅の方がぴったりだ。ところで、塾《じゅく》って何？　学校は休みでも塾《じゅく》はあるの？　暑《あつ》いから勉強はしないんじゃないの？」

たけしは、不思議《ふしぎ》な顔でたずねました。

「塾《じゅく》は進学のため、学校以外で学習するところなの。人よりいい中学、いい高校、いい大学へ進学すれば最高《さいこう》の職業《しょくぎょう》につける。ふつうより、常《つね》に上をねらってる。人より上をねらうには、友だちと同じだけの勉強量では足《た》りない。だから、塾《じゅく》にいく。その分、お金もかかる。親たちは、みな必死《ひっし》よ。」

「最高《さいこう》の職業《しょくぎょう》って何？　子どもたちはどんな職業《しょくぎょう》につきたいの？」

たけしは、職業《しょくぎょう》に最高《さいこう》とかふつうがあると聞いて首をひねりました。

「何だろう？　あたし、先生やってるくせに、そういえば聞いたことなかった。こんなことじゃ先生しっかくね。」

エッちゃんは、自分《じぶん》をせめるようにいいました。すると、たけしが、

「まあ、そんなに自分《じぶん》をいじめないで。最高《さいこう》の職業《しょくぎょう》ね、あの時代は、職業《しょくぎょう》なんてえらべなかった。考えてみたら、学校さえなかった時代だ。勉強といえば生活そのもの。全《すべ》てが勉強だった。

そうじに、せんたく、すいじに、子守りに、田んぼの手伝い。体を動かすことが中心で、頭で考えるっていうことが少なかったように思う。ただ生きることに必死《ひっし》の時代さ。自分《じぶん》の部屋《へや》で、静《しず》かに勉強する時間なんてまるでなかった。いや、それ以前《いぜん》に、自分《じぶん》の部屋《へや》さえ与《あた》えられてなかった。」

「そんな時代があったんだ。今や、子ども部屋《べや》にだってテレビやパソコン、CD《シーディー》はつきもの。携《けい》帯電話《たいでんわ》だって必需品《ひつじゅひん》よ。ひと昔前《むかし》と比《くら》べると、子どもたちは、どんどんわがままになってる気がする。ほんとうに、このままでいいのかなあ。」

エッちゃんが、大きなせのびをしながらいいました。

「ぼくの友だちなんか、八人兄弟や九人兄弟はざらだった。そうなると、食べ物だって取り合いだ。食べ物が少ない時代だろう。ひとつのおさらのおかずを、家族みんなで分《わ》け合う。というより、うばい合う。まさに、生存競争《せいぞんきょうそう》だ。食べなかったら、やせ細って死んでしまうんだからね。親は自分《じぶん》ががまんしてでも、かわいい子どもに優先《ゆうせん》してしっかりと食べさせた。だから、子どもだって一生懸命《いっしょうけんめい》に働《はたら》いた。まさに、『働《はたら》かざる者、食うべからず』の時代だった。今みたいに『残《のこ》す』なんてこと考えられないよ。好《す》き嫌《きら》いはぜいたく者のいうことだ。」

「ところで、たけしは何人兄弟なの?」

エッちゃんがたずねました。

「ぼくはひとりっこさ。両親は子宝《こだから》に恵《めぐ》まれなくて、ぼくはやっとさずかった子だった。両親はぼくが生まれた時、どんなに大喜《よろこ》びしたことだろう。だけど、それもつかぬま。背《せ》の高さが3センチより伸《の》びなかったために、化《ば》け物《もの》あつかいにされた。あるばん、両親が『どこかへやってしまおう。』という話をしていたのを聞き、追い出されるくらいだったら自分《じぶん》から出た方がま

し と思い、家を出る決心をした。13歳《さい》の時だった。」

たけしは、そのころを思い出すようにいいました。

一緒《いっしょ》にいればいるほど、おたがいがきずついてしまう、そんな不安からの決断《けつだん》でした。自分《じぶん》の子どもを思わない親がどこにありましょうか？　親が子どもを捨《す》てたとなれば、傷《きず》は一生深くのこるでしょう。自分《じぶん》たちのおかした罪《つみ》にさいなまれて、夜ねむれない日々《ひび》が続《つづ》かないとも限《かぎ》りません。

たけしは、そんな親心を思い、自《みずか》ら家を出たのです。体はたった3センチでも、心《こころ》は海より広かったのでしょう。親への愛情《あいじょう》の波があっちでチャプチャプ、こっちでチャプチャプ音をたてていました。一寸法師《いっすんぼうし》の本によっては、両親に追い出されたと記《しる》されているものもありますが、それはまちがいです。ここで、声を大にしていいます。断《だん》じて、両親に追い出されたのではなく、たけしは自分《じぶん》の決断《けつだん》で家を出たのです。

「自分《じぶん》の子どもを化《ば》け物《もの》だなんて、どうかしてる。もしかして、ご両親のこと今でもにくんでる？」

エッちゃんが、気になっていたことをたずねました。

「いや、全然《ぜんぜん》にくんでやしないさ。13年間も背《せ》が全《まった》く伸《の》びなかったら、だれだって化《ば》け物《もの》だと思うよ。当然のことさ。両親の気持ちは、手にとるようにわかる。もし、にくんでるとしたら、それは他《ほか》ならぬ自分自身《じぶんじしん》さ。友だちと同じように、どうして背《せ》が伸《の》びないのかって自分《じぶん》をせめた。両親には、にくしみどころか感謝《かんしゃ》さえしてる。だって考えてみて。ぼくを生んで、13歳《さい》まで育ててくれたんだもの。家を出たおかげで、こうしてゆうにもであうことができたし。」

「たけしって大人《おとな》ね。」

エッちゃんが感心していうと、たけしは、

「そうかなあ?」

といって、首をひねりました。

「えへへっ、運命は、どこでどうなるかわからない。だから、わくわくするの。困《こま》ったことがおきても、それは、もしかしたら福《ふく》に転《てん》ずる修行《しゅぎょう》なのかもしれない。そう考えたら、つらい事も明るく乗りこえられるでしょ。涙《なみだ》流してても、何も始まらない。わたしたち、ずっとこの精神《せいしん》で乗りこえてきた。」

ゆうが笑顔《えがお》でいいました。

　こんな前向《む》きな考えが、ゆうを支《ささ》えているようでした。いくらおちこんでも、七転《ななころ》び八起《やお》きの精神《せいしん》で立ち上がりました。そんなゆうを、たけしはたのもしく感じていました。

「ゆうにいわせると、この世には間違《まちが》ったことはひとつもおこらない。全《すべ》て必然性《ひつぜんせい》があってのことだって。今まで、この言葉にどれだけはげまされてきたことか。ぼくは、前世《ぜんせ》でパトロールを仕事にしてきた。オニたいじのあと筋力《きんりょく》トレーニングをして力をつけたんだ。試験《しけん》には何度も落ちたけど、ぼくはいいけいさつ官《かん》になるために歯をくいしばった。試験《しけん》に落ちた日、ゆうは決まってこういった。『たけし、おめでとう。これでまた、人よりトレーニングをつむことができる。一発で受かるより得《とく》をしたってことね。』おちこんでいるぼくに向《む》かって、『おめでとう』だって。君たちは、信《しん》じられるかい？　そのおかげで、今のぼくがいるんだけれど…。あの世では、トレーニングを休んでたから筋肉《きんにく》はおちちゃったけど、あのころは胸囲《きょうい》が120センチもあったんだ。」

たけしは体の筋肉《きんにく》を自まんしようと、両腕《りょううで》を上げてポーズをとりました。うでの筋肉《きんにく》が、ぽこっともりあがりました。

「きゃー、たけしったらかっこいい！　ポパイみたい。」

エッちゃんがこうふんしてさけびました。

その時、ジンが、おちつきはらっていいました。

「あの、みなさま方、お話のと中ですが、今日《きょう》はどちらへ？」

ジンの言葉に、三人はふとわれにかえりました。

「ジンくん、ごめん。話が大はばにそれちゃったね。そういえば、子どもたちにとって、最高《さいこう》の職業《しょくぎょう》は何かってことだった。そうだ、わからなければ聞けばいい。よしきめた！　塾《じゅく》の子どもたちに会って聞いてこよう。」

たけしは、こしに刀《かたな》をさしていいました。

「身分《みぶん》により職業《しょくぎょう》がきめられていた時代があった。武士《ぶし》の子は武士《ぶし》に、農民《のうみん》の子は農民《のうみん》というように…。だけど、今は自由。だれが何の職業《しょくぎょう》についてもいいんでしょう？」

ゆうがたずねました。

「ああ、憲法《けんぽう》で決まってるさ。個人の自由なんだ。」

たけしは、555年前の日本にいたのに、現代《げんだい》のことも知っていました。

じつは、ゆうとたけしには、不思議《ふしぎ》な能力《のうりょく》がそなわっていたのです。生まれ落ちたしゅん間、現代《げんだい》で生活するのに必要《ひつよう》な知識《ちしき》が自然にインプットされる仕組《しく》みになっていました。ふつうだったら、赤ちゃんで生まれるのに、大人《おとな》で生まれ落ちたのです。知識《ちしき》が全《まった》くなかったら、カルチャーショックをおこしてしまったでしょう。やはり、かみさまは偉大《いだい》でした。

ところが、塾《じゅく》についての知識《ちしき》はほとんどありません。当たり前のことですが、知っていることもあれば、全《まった》く知らないことも多くあったのです。未知《みち》の世界は、二人《ふたり》にときめきをプレゼントしてくれました。

「わたしも行く。子どもが好《す》きだから、会ってみたいの。エッちゃん、案内《あんない》して！」

というと、ゆうはうちでのこづちをもって、出発の準備を始めました。

「いいわよ。案内《あんない》する。」

エッちゃんがいいました。

家の後ろの道をくねくね歩いていくと、すぐに『ゆうゆう学習塾《じゅく》』と書いた看板《かんばん》が見えました。赤い文字で『ぜったい必勝《ひっしょう》』とかいてあります。

「ここよ。」

エッちゃんが指さした時、たけしが、

「あははっ、ゆうゆう学習塾《じゅく》だって。ゆうが二人《ふたり》だ。」

といって、笑《わら》いました。

「わたしはひとり。ここにしかいないわ。たけしったらからかわないで。」

ゆうは、ぷくっとふくれていいました。すると、ジンがまってましたとばかりに、

「『ゆう』というのは、ゆとりがあることをいう。ふたつならんで、よゆうしゃくしゃくってことだ。」

といいました。

「ジンたら、いつの間に…。」

ジンは三人の後をつけていました。

おそれいりますが
切手をお貼りください

郵便はがき

104-0061

東京都中央区銀座1-5-13-4F

㈱ 銀の鈴社

鈴の音《すずね》会員 登録係　行

お客様の個人情報は、個人情報保護法に基づく弊社プライバシーポリシーを遵守のうえ、厳重にお取扱い致します。今後弊社からのお知らせなどご不要な場合はご一報いただければ幸いです。

「鈴の音会員」（会費無料）にご登録されますと、アート＆ブックス銀の鈴社より、会報誌「鈴の音だより」や展覧会イベントなどのご案内をお送りいたします。この葉書でご登録の方には、もれなく野の花アートの絵はがきを一葉プレゼントさせていただきます。

ふりがな お名前 （男・女）	生年月日　明・大・昭・平 年　月　日
ご住所　（〒　　　）Tel	
情報送信してよろしい場合は、下記ご記入お願いします。	
E-mail	Fax　－　－

その時です。めがねをかけた男の子が、教室からとびだしてきました。何やら涙《なみだ》をうかべているようです。何かあったのでしょうか？

思い切ってゆうがたずねると、男の子はめがねをとり、目にうかんでいた涙《なみだ》をうででふいていいました。

「どうしたの？」

「ぼく、もう勉強がいやになったんだ。毎日《まいにち》テストテストテスト。せっかくの夏休みだというのに、朝から晩《ばん》まで勉強ばかり。一日八時間もここにいるんだ。お父《とう》さんとつりにも行きたいし、大好《す》きな映画《えいが》も見たい。」

「一日中っていったけど、お昼はどうするの？　おべんとう？」

「ううん、前のお店で買ってくる。ぼくの母《かあ》さんは小さいころ、病気《びょうき》でなくなっちゃったの。だから、おべんとうは無理《むり》。お父《とう》さんは夜中にトラックの運転手をしてるから、朝はねてるし…。あのね、お昼の時間はぴったり15分と決まってる。コンビニへかけこんでシャケと明太子《めんたいこ》のおにぎりを二こ買って食べる。ただそれだけ。トイレ行ったりえんぴつけずったりしてると、あっという間に15分なんてすぎちゃう。」

「たった15分で味わえる？」

ゆうは、あの世の食事だったら、10秒ですむわと思いましたが、そんなことは口がさけてもいえません。

「味なんて、全然《ぜんぜん》わからない。おいしいのか、おいしくないのかって考えたこともない。ただ、口の中にごはんをつめこむって感じかな。」

ようやく男の子の涙《なみだ》がかわいてきました。

「何かいやなことあったでしょう。」

「どうしてわかるの？」

男の子はめがねをかけ直すと、つぶらな瞳《ひとみ》でゆうの目をのぞきこみました。

「おねえちゃんは、かんがいいの。」

といって笑《わら》うと、男の子はほっとした顔をして、

「なんだ、ただのかんか。」

といって笑《わら》いました。久《ひさ》しぶりの笑顔《えがお》でした。

「かんのいいついでにいうと、君、テストの点が悪かったんでしょ。」

ゆうがいうと、男の子は目をぱちくりさせていいました。

「ぴったしかんかん！　おねえちゃん、すごいかんだね。ぼく、算数のテストでひどい点をとっちゃったんだ。塾《じゅく》の先生には、『今まで一体何を勉強していたんだ。しんけんに話を聞いていれば満《まん》点がとれたはずだぞ。この偏差値《へんさち》だったら、希望《きぼう》の中学校へは入れない。』っておこられるし…。それに、こんなに勉強してるのに、テストではたったの30点。友だちは、ほとんど満点だというのに…。できない自分《じぶん》がいやになってきたんだ。ぼくに受験《じゅけん》は無理《むり》だ。ねえ、おねえちゃん、いい中学にはいって何になるんだろう？」

男の子が、とほうにくれたようすでいいました。

「じつは、たった今、そのことをたずねようと思っていたところよ。君は、どんな職業《しょくぎょう》につきたいの？」

「うん、そうだな。ぼくは大工《だいく》さんか、それとも父《とう》さんと同じトラックの運転手。なんてったって、家を造《つく》るのも、トラックの運転もかっこいいでしょ。」

男の子の瞳《ひとみ》が、とつぜん夜空の星のようにきらきらとかがやきはじめました。ゆうはうれしくなっていいました。

「どちらもすてきな職業《しょくぎょう》ね。おねえちゃん、君に会ったばかりだけど、その仕事、なお君にぴったりだと思うよ。でも、どうして学習塾《じゅく》に入ったの？」

ゆうはむちゅうで話しているうちに、男の子がまるで自分《じぶん》の子どものように愛《いと》しく感じられてきました。それで、思わず名札《なふだ》にかいてあった名前《なまえ》でよんでみたのです。

「あのね、ぼくの父《とう》さんはいつもこういってる。『なお、父《とう》さんみたいになるなよ。ねないで働《はたら》いたって、給料《きゅうりょう》はわずか。その上、子どもと遊んでやるひまもない。悲しいじゃないか。おまえは、高給管理職《こうきゅうかんりしょく》かなんかについて大ごうていを建《た》ててリッチにくらしな。机《つくえ》に向《む》かってすわっている仕事で、お金ががっぽり入るんだ。いいだろう。何やかやいっても、やっぱり人生《じんせい》はお金だ。』よくわからないけど、お金があれば、父《とう》さんに楽もさせてあげられる。でも、そのためには、いい学校に入ることが先決でしょ。それで、ぼく、塾《じゅく》にはいったんだ。」

「お金か…、なお君の気持ちよくわかるわ。おねえちゃんだって、お金はほしい。ないよりあった方がいいもの。でもね、お金が人生《じんせい》の目的なんてちょっぴり悲しくないかなあ？　なお君は、お金はたっぷり入るけど、やりたくない仕事してそれで満足《まんぞく》できる？」

ゆうの質問になお君は、ちょっぴりとまどいました。

「うーん、満足《まんぞく》しないかもしれない。でも、父《とう》さんの喜《よろこ》ぶ顔が見たいから…。」

「なお君が満足《まんぞく》していないのに、お父《とう》さんは心《こころ》の底《そこ》から喜《よろこ》ばれるかしら…。せっかくこの世に生まれてきたのよ。なお君は、この世に一人《ひとり》しかいない。自分《じぶん》がいちばんやりたい仕事につくことが、お父《とう》さんへのプレゼントになるんじゃないかなあ。二度とない人生《じんせい》だもの。こうかいしないよう、なお君らしく生きてほしいな。」

ゆうはこうふんしていいました。

「おねえちゃん、ありがとう。ぼく、なんとなくわかったよ。今まで、最高《さいこう》の職業《しょくぎょう》はお金が入ることだって思ってたけど、全然《ぜんぜん》ちがった。心《こころ》のもやもやがなくなってすっきりしてきたよ。なんだか勇気《ゆうき》もわいてきた。よし、今日《きょう》からめあてにむかってばりばり勉強するぞ。なんだか、急に勉強したくなってきた。へんだな。こんなこと今までになかったのに…。まあいいさ。ところで、おねえちゃんといたら、亡《な》くなった母《かあ》さんのことを思いだしちゃった。白いエプロンつけて、ホットケーキやプリンを作ってくれた。おいしかったな。」

男の子は、そのころを思いだすかのように、そっと目を閉《と》じました。そのしゅん間、ゆうはたけしにウインクしました。うちでのこずちをだして、カランコロンとならすと、

「………！」

とつぶやきました。

そのしゅん間、たけしは消えました。なお君が目をあけた時、目の前に、むぎわらぼうしをかぶり、ながぐつをはいた、なお君のお父《とう》さんが立っていました。

「あれっお父《とう》さん。どうしたの？　つりざおなんか持ってさ。」

なお君がおどろいた顔でさけびました。

「ついさっき、とつぜん、仕事が休みになったんだ。これから、おまえとトンボ池へつりに行こうと思ってさ。」

というと、父《とう》さんは袋《ふくろ》からなお君のむぎわらぼうしとながぐつをだしました。準備ができると、今度はつりざおをわたしました。

「やったー、うれしいな。父《とう》さんとつりに行くの、何年ぶりだろう？　母《かあ》さんが生きてるころだったから、ええっと…もうわすれちゃった。」

男の子は知らず知らずにうちに、スキップをふんでいました。

「おねえちゃん、さよなら。なお君、父《とう》さんとつりに行って来るね。」

「いってらっしゃい。なお君、ゆめがかなったわね。」

ゆうは、にこにこして手をふりました。

学習塾《じゅく》の中を見学していたエッちゃんとジンは、たけしがいないことに気づき、

「たけし、どこへいったのかしら？」

といって、さがし回りました。ゆうは、すました顔で、

「大丈夫《だいじょうぶ》。すぐもどってくるから安心して。」

といいました。


トンボ池についた二人《ふたり》は、もちろん、つりを始めました。なお君は草の上に父《とう》さんとかたをならべてこしをおろすと、それだけで、なんだかとってもうれしくなりました。

「なお、塾《じゅく》はどうだい？」

父《とう》さんがたずねます。

「父《とう》さん…ぼくね、ぼく…。」

「どうした？」

父《とう》さんは、ふしぎそうに見つめます。

「やめたいんだ。」

なおは、長い間心《こころ》の底《そこ》にはりついていた言葉を口にすると、なんだか、心《こころ》がふっと軽くなった気がしました。

今まで、どんなにいいたくてもいえなかった言葉でした。夜中まで自分《じぶん》のために働《はたら》いている父《とう》さんを悲しませると思うと、いえなかったのです。

「ええっ、それはまたどうしてだ?」

父《とう》さんのおどろきは、池の魚にも伝《つた》わったようでした。小さな魚たちが、遠くへにげていきました。

「将来《しょうらい》は、父《とう》さんのようにトラックの運転もしてみたいし、大工《だいく》さんもいいかなあって…。だから、今のうちに、トラックのこと調べたり、家の設計《せっけい》のことも勉強してみたいんだ。」

なおは針《はり》の先にミミズをつけると、池の中にポーンと投げました。

「そんなことを考えていたのか? トラックの運転手か、知っていると思うが、月給《げっきゅう》は安いぞ。それでもいいのか?」

父《とう》さんは、なお君の顔を見ました。

「月給《げっきゅう》なんて…。父《とう》さんは、仕事してて楽しくないの?」

今度は、なお君がが父《とう》さんの顔をのぞきこむようにいいました。

「そりゃ、楽しいさ。どんなに時間がかかっても荷物をまっている人がいる。その人の笑顔《えがお》を見ると、ああよかったってたまらなく幸《しあわ》せな気持ちになる。」

父《とう》さんはうっとりした顔でいうと、つり糸をたれました。

「ぼく、お金なんかよりやりがいのある仕事につきたいんだ。父《とう》さんのことをほこりに思ってる。」

なおは、はっきりといいました。その時、池のトンボがうなずくようにはねをぴくっとゆらしました。

「こんな、父《とう》さんをか？」

父《とう》さんは、なおの顔を見つめました。

「もちろんだよ。ぼくは父《とう》さんを世界中で、一番尊敬《そんけい》してる」

お父《とう》さんがとろけそうな顔をして水面を見つめた時、うきがゆれました。

「なお、つれたよ！」

「ぼくもだ！」

父《とう》さんとなお君ははしゃぎました。


たけしは、どこへ消えたかって？　じつは、トラックの運転をしていたのです。なお君のお父《とう》さんになりすまして、トウモロコシをつんで東京まで運んでいたのです。

考えてみたら、初《はじ》めての運転でした。たけしは運転免許証《うんてんめんきょしょう》もないのにハンドルをにぎっていたわけです。でも、しかたありませんでした。だって、運転に免許証《めんきょしょう》がいることなんて、全《まった》く知らなかったのです。

「どうか、つかまりませんように…。でも、こうしょ恐怖症《きょうふしょう》のたけしが運転なんぞできるのかしら？　なむあみだぶつ。」

みなさんの心配そうな声が聞こえます。でもね、その点は、大丈夫《だいじょうぶ》。空の散歩《さんぽ》でスピードにはなれていたのです。運がいいことに、高速道路でスピードをあげた時、とりしまりのけいさつ官《かん》たちがそろっていねむりをしていました。それに、時速７００キロもだせばナンバーも見えませんでした。

たけしの運転はみごとでした。アクセルやブレーキなんてわかってもないのに、手足がかってに動いていました。おどろくことに、こしにさしてあった刀《かたな》をぬくとカーナビになり、行き先まで案内《あんない》してくれたのです。

とつぜん、トラックが止まり、こしょうかと思ったら、届け先のお店の前でした。店の戸が開き、フライパンのようにまんまる顔のご主人が、

「夜中だというのに、いつもありがとう。感謝《かんしゃ》しとるよ。あんたのおかげで、明日《あした》はトウモロコシのパーティだ。初《はじ》めての味にみな、うなることじゃろう。ゆでるのもよし、やくのもよし。そうだ、ついでにポップコーンも作ろう。」

といって、笑顔《えがお》でむかえ、お礼《れい》にまぼろしのワインをおみやげにくれました。たけしは、

「この仕事もすてきだな。」

と思いました。

8　世界でいちばんまずいレストラン

「ただいま。」

戸口《とぐち》で男の声がしました。

「やっと帰ってきた。たけしったら、今までどこにいたのかしら？」

エッちゃんはあんどの表情《ひょうじょう》を浮《う》かべ、あわてて戸口《とぐち》に向《む》かいました。

　こんな夜おそくに帰宅《きたく》だなんて、どうかしてる。おかげで一すいもできなかったじゃない。

文句《もんく》のひとつもいおうとした時、目の前に立っていたのはたけしではありませんでした。なんと、エッちゃんのクラスの保護者《ほごしゃ》だったのです。

「あらまっ、なお君のお父《とう》さん！　こんなに遅《おそ》く何か事件《じけん》でも？」

エッちゃんがおそるおそるたずねた時、ゆうが目をさましてやってきました。ねむい目をこすりこすり、

「おつかれさま。」

というと、うちでのこづちを高くかざしました。そして、なお君のお父《とう》さんの耳もとで、カランコロンとならしました。

「もとの姿《すがた》にもどれ！」

というと、なお君のお父《とう》さんがたけしになりました。

「ええっ、またー、どういうこと？」

エッちゃんがおどろいていいました。

「こういうことさ。高速道路の運転はスリルがあって楽しかったよ。」

というと、玄関《げんかん》でいびきをかいてねむってしまいました。よっぽどつかれたのでしょう。

ゆうとエッちゃんでソファーにはこぼうとしましたが、重くて持ち上がりません。エッちゃんがあきらめて、

「ここでねかせちゃおうか。」

といった時、ゆうがうちでのこずちをカランコロンとならし、

「ちいさくなあれ。」

といいました。すると、たけしはえんぴつのキャップほどの大きさになりました。そう、たったの3センチです。手のひらにのせ、ベッドルームへ運ぶとタオルをしいてねかせました。

「なんだかふしぎ。あのたけしがこのたけしでしょ。」

エッちゃんは目を丸《まる》くしていいました。自分《じぶん》も魔女《まじょ》のくせに、まるで信《しん》じられないといった表情《ひょうじょう》で見つめていました。呪文《じゅもん》をとなえれば小さくすることくらいサッチョンパッとできるのです。このようすを見ていたジンは、

「ゆうの持っているうちでのこづちの秘密《ひみつ》をさぐってみたい。」

と、思いました。エッちゃんはたけしの寝顔《ねがお》をみながら、

「きっと、受験生《じゅけんせい》の心《こころ》にすんでいたオニを退治《たいじ》をしてきたにちがいない。」

と、思いました。ゆうにたずねると、もちろんというように、大きくうなずきました。人間界《にんげんかい》へきて二日目。たけしのオニたいじは、着々《ちゃくちゃく》とすすめられているようでした。

きのう、エッちゃんは、塾《じゅく》の子どもたちに最高《さいこう》の職業《しょくぎょう》についてたずねてみました。予想通《よそうどお》り。みな口をそろえたように、『お金がはいること』だと答《こた》えました。その職業《しょくぎょう》に興味《きょうみ》があるかないかではなく、選択《せんたく》のポイントは『お金』だったのです。どんなに、悲しかったでしょう。人の命《いのち》を救《すく》うためだとか、これがやりたいというのは二《に》の次《つぎ》でした。

そうなると、同じところに人気《にんき》が集中し職業《しょくぎょう》のバランスがくずれてしまいます。均衡《きんこう》を保《たも》つよう試験《しけん》をし、点数の高い人から選《えら》ぶことになります。偏差値《へんさち》の高い人ほど有利《ゆうり》なのはいうまでもありません。悲しいかな、これが競争《きょうそう》の社会なのです。

今や、どんどん加熱し、幼稚園生《ようちえんせい》までが塾《じゅく》に通う時代です。ヒートアップして、『受験競争《じゅけんきょうそう》』とか、『受験戦争《じゅけんせんそう》』『受験地獄《じゅけんじごく》』とまでよばれるようになりました。さて、受験《じゅけん》に勝った子どもたちには、はたして幸《しあわ》せな生活がまっているのでしょうか？

ゆうは、塾《じゅく》の生徒《せいと》たちを見て、

「こんな小さいうちから競争《きょうそう》？　なんだか、かわいそう。競争《きょうそう》は心《こころ》をゆがめる。小さいころは、もっと自然とふれ合ったり、友だちと遊んだりした方がいいんじゃないかしら。」

と、思いました。

次の日、塾《じゅく》の入り口にハートがたの看板《かんばん》がたちました。やってきた子どもたちは看板《かんばん》を読むと、次々《つぎつぎ》とユーターンして帰っていきます。看板《かんばん》には、一体、どんなことが書かれていたのでしょう？

「★塾《じゅく》の生徒《せいと》たちへ…自分《じぶん》の未来《みらい》は自分《じぶん》の意志《いし》で決《き》めよう。決断《けつだん》は人の内側で力を持つ」と…。

なんだか、むずかしい言葉ですね。一体《いったい》、どんな意味なのでしょうか？　あっ、ちょうどいい！　紙の側《そば》に意味が書いてあるようです。なになに？『いい学校へ入るためだけの勉強は身につかない。自分《じぶん》の意志《いし》で将来《しょうらい》のめあてが決められた時、心《こころ》の底《そこ》からやる気の炎《ほのお》がめらめらと燃え上がる。ただ何の目的もなく勉強している人は、直《ただ》ちに塾《じゅく》をやめるべし。時間とお金の無《む》駄《だ》づかいである。』

子どもたちは、次々《つぎつぎ》と塾《じゅく》をやめました。ユーターンしたりょう君は両親に、

「ぼく、自分《じぶん》の未来《みらい》について考えたいの。今まで、何がやりたいのか真剣《しんけん》に考えたことなかった。決まるまで、少しだけ塾《じゅく》を休ませてほしいんだ。」

といいました。お母《かあ》さんは頭からつのをだして、

「とんでもない。塾《じゅく》をやめたら、おとなりのあきちゃんにぬかれるわよ。りょう君、勉強しないで何をやるつもり？」

と、恐竜《きょうりゅう》が火をふいたようにいうと、お父《とう》さんが、

「おいおい、りょう君が自分《じぶん》の未来《みらい》を真剣《しんけん》に考えたいといってるんだ。それ以上大切《いじょうたいせつ》なことがあるだろうか？　ぼくには、とってもすてきなことに思えるがね。塾《じゅく》なんて、勉強したくなればほっておいても行くよ。」

と、なだめるようにいいました。

「わかったわ。」

お母《かあ》さんが、しずかにいいました。

　100人ほどいた生徒《せいと》たちは、たったの三人になりました。塾《じゅく》長は、

「これでは塾《じゅく》がつぶれてしまう。こんないたずらをしたのはだれだ。」

といっておこりました。

　みなさんは、もうおわかりですよね。もちろん、たけしのしわざでした。建《た》て物のかげから、たけしは、

「子どもたちは、本当に勉強したくなった時自分《じぶん》から塾《じゅく》に入るでしょう。大人《おとな》が命令《めいれい》をすることは簡単《かんたん》ですが、それでは子どもの自主性《じしゅせい》の芽《め》をつむことになります。だから、あわてず待《ま》ってください。それまで、もうちょっとのしんぼうです。今、わたしたち大人《おとな》にできることは、子どもに考える時間を与《あた》えること、感性を豊《ゆた》かにすべく、いろんな体験《たいけん》をさせてあげることが全《すべ》てに先行《せんこう》して大切《たいせつ》だと感じています。」

といって、頭をさげました。

　ゆうがカーテンをあけると、窓《まど》の外には、鳥たちの声にまじって、子どもたちの元気な声がこだましていました。時計は10時をさしています。ゆうがにこにこして、

「子どもはこうでなくちゃ。」

と、つぶやきました。少したつと、エッちゃんが起きてきて、

「子どもたちが遊んでる？　あれっ、どういうこと？　塾《じゅく》に休みなんてあったかしら？」

と、首をかしげました。

「たけしったら、またいないの。小さいままどこかへ出かけたんだ。わたし、あれから大きくしてないもの。」

台所で、ゆうがいいました。エッちゃんのエプロンをつけて、スクランブルエッグを作っているところでした。

「たけしなら、そのうち帰ってくる。」

ジンが、のんびりした口調《くちょう》でいいました。

「そうね。心配したって始まらない。あたしったら、いつも、たけしをさがしてる。心配するのはやめることにするわ。昨日《きのう》の晩《ばん》なんて、たけしが心配で夜おそくまで起きてて、やっと帰ってきたと思ったら、今度は安心して目がさえちゃった。ねたのは明け方よ。まだ、ねむい。」

エッちゃんが、頭のうしろをたたきながら起きてきました。

「朝ごはんができてるわ。食べる？」

「えっ、ゆうが作ってくれたの？」

エッちゃんはぶるぶるっと顔をあらうと、おどろいていいました。ゆうは鼻歌を歌いながら、テーブルに料理をならべました。ちょうどその時、たけしが帰ってきました。

「グッドタイミング！　おなかぺこぺこだよ。ゆう、その前に大きくしてほしい。」

ゆうは、うちでのこづちをカランコロンならすと、たけしはぐんぐん大きくなりました。

「小さい体のままで、どこへいってたの?」

ゆうがたずねると、六つの目がいっせいにたけしの方をむいて光りました。

「それは、ひみつ。」

たけしが、口に手をあてていいました。

「さて、今日《きょう》は三日目だ。どこへ行こう?」

ジンがはりきっていいました。ゆうから、リッチな食事をつくってもらいごきげんです。そのメニューとは、『オムレツステーキ』でした。特大《とくだい》のしらすぼしオムレツの上に、大きいマグロステーキがのっていたのです。どんなにかんげきしたでしょう。美食家のネコ族《ぞく》の友だちに、一口《ひとくち》食べさせてあげたいと思いました。

「ゆうの料理はアイディアばつぐんね。今まで見たことのないメニューばかり。」

エッちゃんがいすにこしかけると、そわそわしていいました。

「いちおう、メニューのしょうかいをしておくわ。エビ入りクロワッサンに、きのこのスクランブルエッグ、ユリ根《ね》とエンドウのスープに、トウモロコシの皮で包んだポテトサラダ。どれもエッちゃん家の冷蔵庫《れいぞうこ》にあった材料《ざいりょう》ばかりよ。いかが?」

「ゆうは、残《のこ》り物《もの》の材料《ざいりょう》で工夫《くふう》して作るのが好《す》きなんだ。けっこう、いけるでしょう。毎日《まいにち》、生活してても、同じメニューは、ぜったいにでない。ぼくは湯豆腐《ゆどうふ》しかつくれないのにね。料理って頭で作るらしいよ。」

「とても、残《のこ》りものだなんて思えない。ゆうは、料理のプロだわ。頭がいい証拠《しょうこ》。味もこれまたばつぐん!　ごちそうさまでした。」

エッちゃんが感心していいました。あんなにあったごちそうが、いっしゅんで全《すべ》てからになっていました。

「こちらこそありがとう、残《のこ》さずに食べてくれて…。わたしはからっぽのおさらを見ると、幸《しあわ》せ気分最高《さいこう》になるの。作ってよかったって充足感《じゅうそくかん》にみたされて、また、料理の研究《けんきゅう》がしたくなる。このくり返しで今日《きょう》まで作ってきた。」

「ぼくは、好《す》き嫌《きら》いがないんだ。ゆうが作る料理はおいしいから、何でも食べる。じまんじゃないけど、今までにゆうの食事は残《のこ》したことがない。」

「残《のこ》したこと、あったわよ。一度だけだったけれど…。ほら、たけしがかぜをひいてねこんだ時。わたしったら、早く元気になってほしくって、ニンニク10こキムチ少々《しょうしょう》ショウガ1かけをすりおろし、とくせいのおかゆをつくったの。しあげに、ときたまごを流しこみ、お酒を三てきいれることも忘《わす》れなかった。それなのに、たけしったら一口も食べてくれなかった。おみまいのイチゴは食べたのに…。ショックだったわ。」

ゆうは悲しそうな顔をしました。

「ごめん、ゆう。あのくささは、今でも忘《わす》れられない。思い出すだけで頭痛《ずつう》がしてくる。じつは、かぜをひいたらあのおかゆがでてくるかもしれないと想像《そうぞう》するだけで、かぜはひかなくなった。恩《おん》にきるよ。あの時は、胃《い》の調子《ちょうし》が悪いといったけど、じつはあのにおいに勝てなかったんだ。」

たけしがあやまりました。

「いいわよ。じつは、今だからいえるけど、わたしも作っていて、あまりのくささに鼻をつまんだもの。」

ゆうは大笑《わら》いをしました。

「なんだ。あやまって損《そん》しちゃったよ。」

たけしは、かたをおとしていいました。

「ところで、エッちゃんは嫌《きら》いなものがないの？」

ゆうがたずねました。

「特別にないわね。でも、ニンニクキムチショウガ入りおかゆはちょっと苦手《にがて》かも。」

エッちゃんも笑《わら》っていいました。

「エッちゃん、ぼく、地球《ちきゅう》に生まれたら食べてみたいものがあったんだ。」

たけしの瞳《ひとみ》がかがやきました。

「いったいなあに？　おすし？　かつどん？　すきやき？」

「ちがう。デザートなんだ。」

たけしはヒントをだしました。

「プリン？　ヨーグルト？　もしかしてコーヒーゼリー？」

「ちがう。チョコレートパフェさ。とうめいなガラスの器《うつわ》に、アイスとフルーツのデュエット。ぼくは、チョコレートパフェと名前《なまえ》を口にしただけでときめきをおぼえる。」

たけしはためいきをつくと、続《つづ》けました。

「一番下からいくと、コーンフレークの上にミルクたっぷりのバニラアイスがふんだんにのって、その上にバナナにイチゴにパイナップルなんかのフルーツがせいぞろい、そのまた上には生クリームがうずまき状にかかり、頂上《ちょうじょう》にはサクランボの精《せい》がハイポーズ。さらに、しあげはまぼろしのチョコレート。グルグルグルと左まき。少なすぎず多すぎず、適量《てきりょう》がいい。ゆめにまでみたチョコレートパフェ。何やらとっても愛《あい》くるしい。ところが、実物には一度もお目にかかったことがない。どんなに会いたいことだろう。」

たけしは、こうふんしていいました。

「なんだ、かんたんだわ。もっと珍味《ちんみ》な食べ物かと思った。チョコレートパフェならとなり町にあるわ。最近《さいきん》、粋《いき》なレストランがたったばかり。あたしも行ってみたいと思っていたところ。今から行こう。たけし、おなかいっぱい食べさせてあげる。あたしの安月給《やすげっきゅう》でも、パフェなら大丈夫《だいじょうぶ》。」

エッちゃんは、胸《むね》をたたいていいました。

「わたしもいいかしら?」

ゆうが、心配そうにたずねました。

「もちろん!」

エッちゃんは、となり町まではバスで行こうと思いました。ほうきでは、あんまり近すぎるからです。空にうかんだと思ったらすぐに着地。ほうきのばあさんが、がっかりしてストライキをおこすかもしれません。かといって、この暑《あつ》さでは歩くというのも、つらく感じられました。

「バスにしましょう。ゆうもたけしも始めてでしょう?」

「ええ、一度のってみたかったの。でも、動物はいけないんじゃないの? ジン君はどうするの?」

ゆうはジンを見つめました。

「大丈夫《だいじょうぶ》。作戦があるの。おいで!」

エッちゃんはジンをよぶと、バスケットの中にとじこめました。

「3分ほどだから静《しず》かにしてるのよ。」

バスケットの中はサウナ状態。ジンは、呼吸困難《こきゅうこんなん》で息《いき》が苦《くる》しくなりました。

「これで死んだら化《ば》けて出てやる。」

と思いました。

停留所《ていりゅうじょ》に行くと、お客さんが70人ほどならんでいました。たけしは、

「こんなにたくさんの人がひとつの車に乗って息《いき》ができるのかなあ。」

と、心配になりました。でも、不安はすぐにふきとびました。バスは超満員《ちょうまんいん》でしたが、息《いき》をすることができました。でも、今度は、

「人がつぶされて、くっついてしまうんじゃないかなあ。納豆《なっとう》みたいになったらどうしよう。」

と、心配になりました。ゆうは流れるあせをぬぐいながら、

「あははっ、たけしったら、ほんとうに心配性《しんぱいしょう》なんだから。人が納豆《なっとう》みたいにくっつくわけないでしょ。でも、現代《げんだい》で生活するってたいへんなことね。」

といいました。エッちゃんは、

「じつは、あたしも、バスにはあまり乗らないの。真夏《まなつ》のバスはもうこりごり。」

というと、ジンがつぶされないよう気をつかいました。大声なんかだされたら、いっかんのおわりです。

地獄《じごく》の3分がすぎ、ようやくとなり町に着きました。ぞろぞろと人がおりました。そうです。みんな、レストランの開店をめがけてやってきたのです。

目の前に、超高層《ちょうこうそう》レストランがそびえていました。あまり高すぎて頂上《ちょうじょう》は見えません。開店を祝《いわ》って、虹色《にじいろ》のバルーンがとんでいました。バルーンには、『世界初ワールドレストラン』と書いたたれ幕《まく》がさがっています。ジンはバスケットからとびだすときょろきょろして、

「あそこだ!」

というなり、いちもくさんにかけだしました。どこへ行ったのでしょう？　行った先はふん水広場でした。池の水をごくごくのむと、金魚たちは一瞬《いっしゅん》かたまりました。食べられると思ったのです。ジンがどこかへ行くとほっとして、また動きはじめました。

バスからおりた家族づれは、いっせいに目の前にそびえるビルディングに向《む》かって歩き始めました。大きなビルは181階まであり、銀色に光っています。全《すべ》ての階がレストランになっており、その名前《なまえ》のように、世界の料理が食べられました。一階が中国、二階がイタリア、三階がフランス、四階がスペイン、五階がベトナム、六階が韓国《かんこく》、七階がインド、八階がタイ、九階が地中海、10階がアメリカ、11階が…というように続《つづ》き、181階の最上階は日本で展望《てんぼう》レストランになっていました。エレベーターにのると、三人はどこにしようかとまよいましたが、

「ながめのいい展望《てんぼう》レストランにしよう。」

ということになり、181階に行きました。

遠くに、こがらし山やカッパ川が見えました。181階の入り口につくと、ドアの前に『日本へようこそ☆　世界でいちばんまずいレストラン』と書いた看板《かんばん》が立っていました。

「ええーっ、世界でいちばんまずいレストラン？」

ゆうがおどろいていいました。

「まずいのはいやだ。他《ほか》の国へいこう。」

たけしが、にがむしをかみつぶしたような顔でいいました。

「たけし、ここは食べ物やさん。食べ物やさんで『まずい』は禁句《きんく》。ほんとうにまずくたって『おいしい』って書くはずよ。それなのに、わざわざまずいとうたってる。これは何かある。」

エッちゃんのひとみがひかりました。

「おもしろそうね。」

ゆうも賛成《さんせい》しました。

「わかったよ。」

女性二人《じょせいふたり》のパワーにあっとうされ、たけしはしかたなくいいました。思い切ってドアをあけると、席は満員御礼《まんいんおんれい》。お客さんたちが楽しそうに食事をしていました。

「なんだ、ふつうのレストランと、何もかわらない。心配して損《そん》しちゃったよ。」

「たけしは、いつも心配のしすぎ。これじゃいくつ心臓《しんぞう》があっても足《た》りないわ。」

「チョコレートパフェ三つ。」

エッちゃんが注文すると、スズラン色のエプロンをつけたウエイトレスが、すぐにパフェをもってきました。コーンフレークの上にバニラアイスが七だんものり、その上にパッションフルーツが色どりよくならべられていました。まさに、南国気分《なんごくきぶん》です。そして、生クリームの上にのっていたチョコボウに火をつけると、せんこう花火がパチパチなって、パフェの上にチョコの火の粉がふりかかりました。たけしはこうふんして、ごっくんとつばをのみこみました。

「おお、これこそパラダイス！！！」

というと、一気にたいらげてしまいました。ゆうもエッちゃんも、ぜっさん。ひとくちひとくち、味わっていただきました。

「ごちそうさま！　とてもおいしかったわ。」

エッちゃんが会計をすますと、たけしがチョウネクタイをした支配人《しはいにん》にたずねました。

「こんなにおいしいのに、どうして世界でいちばんまずいレストランと書いてあるのですか？

何か深いわけでもあるのでは？」

支配人《しはいにん》は目をぱちくりさせながらたけしを見ると、おすもうとりのような体を左右にゆらしながらいいました。

「ありがとうございます。うちの料理をほめていただき光栄《こうえい》です。ところで、お客さんは目のつけどころがちがう。まだ開店したてですが、このような質問をされたのはあなただけです。」

この会話を聞いていたエッちゃんは、

「ほんとうはあたしが先に気づいたの。」

といおうとしましたが、ばかばかしいのでやめました。たけしは、ごめんというようにエッちゃんを見ました。

「じつは、このレストランは世界の食文化の中心なんです。このたび、各国《かっこく》の代表が集まった際、こんなレストランは異例《いれい》なので、つまり181カ国の料理が一堂に用意されているという点においてですが…。ついでに、世界の食について研究《けんきゅう》してみようということになったのです。レストランで、いちばん大切《たいせつ》な条件《じょうけん》はおいしくいただくということ。おいしくいただくためには、根本的《こんぽんてき》に料理がおいしいことが条件《じょうけん》になってきます。では、料理のおいしさを調べるために、どうしたらいいか？　わたしたちは考えました。181人が頭をひねりました。ああでもない、こうでもないと、いろいろな視点《してん》から話し合いがされました。その結果《けっか》、ひとつの結論《けつろん》がだされました。最《もっと》もシンプルな方法です。何だと思われますか？」

支配人《しはいにん》は、三人の顔を順にみました。

「それはもちろん、アンケートでしょ。たずねるのが最《もっと》もシンプルな方法だけど、世界中の人にたずねることは不可能《ふかのう》だもの。だとしたら、アンケートに答えてもらう方法がベストじゃないかしら。」

エッちゃんが、自信《じしん》まんまんに答えました。

「ごもっともな意見です。始めは、わたしたちもアンケートを考えました。世界中の人々《ひとびと》においしいかどうか質問すれば、およその傾向《けいこう》はでるはずです。しかし、それでは正しい答えは得《え》られないでしょう。」

支配人《しはいにん》は、今にもずりおちそうなめがねをかけ直していいました。ふきだす汗《あせ》のために、すぐにおちてしまうのでした。

「なぜ？　アンケートに答えてもらうことが、どうして正しい答えにならないのですか？　わたしにはさっぱりわからない。」

ゆうが首を横にふっていいました。

「わからなくて当然です。じつは、食べおわってから書くアンケートだと身構《みがま》えてしまうからです。みなさんは、どうでしょう。ペンをとった時、構《かま》えませんか？　わたしはだめ、かたくなってしまいます。時間がたつと味の記憶《きおく》がうすれるというのはよくある話ですが、そればかりか、あまりおいしくなくても、作り手を意識《いしき》しておいしかったと書く場合もあります。相手《あいて》に失礼《しつれい》のないようにとの心情《しんじょう》がわいてくるのです。もちろん、人間《にんげん》には様々《さまざま》なタイプがある。そうではない人もいるようですが…。そこで、思い立ったのが、この方法でした。」

支配人《しはいにん》のほおはだんだんと紅潮《こうちょう》し、トマトのように赤くそまってきました。こうふんが高まりつつあるようです。

「なるほど…。それがアンケートの欠点《けってん》ね。だとすると、う〜ん…。」

「何かしら？」

ゆうもエッちゃんも、また、首をかしげました。

「料理がおいしいかどうか、正しい結論《けつろん》が得《え》られるのは、いったいどんな方法ですか？　ズバリ、教えてください。」

たけしは、もう少しもまちきれないといった様子《ようす》でたずねました。

「そうあせらないでください。わたしはにげはしませんから…。各国《かっこく》の代表が集まり話し合いの結果《けっか》きまったその方法とは、こうでした。食事が終《お》わった時、器《うつわ》に残《のこ》った料理の量《りょう》、つまり、ざんさいの重さにメスを入れ各国《かっこく》の食文化について研究《けんきゅう》していこうということになったのです。」

「なるほど。おいしくいただけば器《うつわ》はからっぽになる。おいしいかどうかなんて聞かなくても、器《うつわ》をみればわかるってわけだ。じつにシンプルな方法だ。」

たけしは感心していいました。

「でも、各《かく》家庭やレストラン、学校給食やイベントの会食にさまざまなパーティ会場、あるいは旅館やホテルにいたるまで、ざんさいの量《りょう》なんて、いちいちはかっていられないでしょ。それこそ時間のむだ。現代《げんだい》において、無理《むり》なことだと思うけど…。」

エッちゃんが深刻《しんこく》な顔でいいました。

「それがクリアーできたのです。世界各国《かっこく》、全《すべ》ての器《うつわ》にはセンサーがついていて、残《のこ》した時には、あのコンピュータにざんさいとして重さが加算《かさん》される仕組みになっております。ですから、何も苦労はいりません。」

というと、支配人《しはいにん》はおくにあるコンピュータを指さしていいました。赤黄青のランプが光り、ピコピコピーピーと元気な音をたてています。

「すごい時代、現代《げんだい》はハイテクね。」

ゆうは、おどろいていいました。

「インターネットの活用により、毎日《まいにち》、世界中のざんさいの重さがここにデータとして集まります。」

というと、支配人《しはいにん》は三人を中へ案内《あんない》し、コンピュータを作動させました。

「こんな小さな箱で、世界の食文化がわかるなんて、すごい！」

たけしは、コンピュータをのぞきこんでいいました。

「コンピュータはうまく使うことにより、生活を楽しくしたり、宇宙《うちゅう》にまで行ったり、新たな発見をしたりすることができます。しかし、反対に、悪用するとたいへんです。多くの人間《にんげん》の命《いのち》をうばうことにもなりかねません。使い方次第《しだい》ということでしょう。わたしは、常々《つねづね》、世界の戦争《せんそう》について胸《むね》をいためておりました。そんなわけがあって、ワールドレストランの発案をしたのです。おっと、話がそれてしまいました。しかし、あなた方はじつにふしぎです。」

支配人《しはいにん》は、とつぜん首をかしげました。

「どうしてですか？」

ゆうがたずねると、支配人《しはいにん》が目をぱちくりさせて、

「初《はじ》めて会ったばかりなのに、わたしが考えていることを全《すべ》て話したくなってしまうのです。ところで、どこの国がいちばん残《のこ》していると思いますか？」

と、質問しました。

「あたってほしくないけれど、もしかして、日本？」

エッちゃんが、おそるおそる口にしました。

「その通り。世界中で一位はここ日本。残念《ざんねん》ながら、我《わ》が国なのです。いちばん多いのが子どもたちの給食。学校給食が始まったばかりの頃、食べるものが少なくて残《のこ》すなんてことは考えられませんでした。しかし、今はちがいます。好《す》きなものばかり食べ、嫌《きら》いなものは口にしなくなりました。無理《むり》して嫌《きら》いなものを食べなくても、他《ほか》に食べるものが豊富《ほうふ》にあるからです。世界中で一位、こんな栄光《えいこう》はほしくない。悲しい一位です。」

支配人《しはいにん》は、コンピュータのぼうグラフを見ていいました。見ている間でさえ、ざんさいの重さは次々《つぎつぎ》に加算《かさん》されていました。

「学校給食が一位か。考えてみると、あたしのクラスでも野菜《やさい》がたくさん残《のこ》る。ニンジンにゴボウにシイタケ、ピーマンにキャベツに長ネギ…。胸《むね》がいたむわ。」

エッちゃんがいいました。

「ざんさいの量《りょう》が世界一多い。イコール、日本人はおいしくいただいてない。イコール、日本の料理はまずい。となったわけです。それで、入り口の看板《かんばん》に『世界でいちばんまずいレストラン』と書きました。いつの日か、この数字が書きかえられる日をねがっております。」

支配人《しはいにん》が力無《な》くいいました。

「ざんさいが多いというのは、支配人《しはいにん》さんがおっしゃられたように、料理がまずくって食べられない場合もありますが、他《ほか》に、好《す》き嫌《きら》いが原因《げんいん》でおこる場合があります。料理はとってもおいしいのに、嫌《きら》いで残《のこ》してしまう。これはあくまで、ぼくだけの考えなんですが、『まずい』というのはおいしくないという意味の他《ほか》に、『残《のこ》すことはまずい』という意味にもとることができないでしょうか。食べることは、体をつくるための行為《こうい》です。嫌《きら》いなものでも、体のために口にしなければならないものだってある。そういう点から考察《こうさつ》すると、日本人は好《す》き嫌《きら》いが多いということになりませんか?」

ジンがいいました。今までどこにいたのでしょう。とつぜん、やってきていいました。

「頭のいいネコさんですね。言葉がしゃべれるなんて…。じつは、今、ねこさんがおっしゃられたこと、100パーセントあたっていると思います。」

支配人《しはいにん》がおどろいていいました。

夕方、ゆうとたけしは話しました。

「ざんさいがへって、日本が世界一位でなくなる。ほんとうに、そんな日がくるのかしら?」

「日本は食べ物であふれてるから、ぜいたくになってしまうのね。まず、原因《げんいん》が一位の給食の現場をどうにかしなければ…。このままでは、日本の未来《みらい》があぶない。好《す》きなものばかり食べていると、栄養《えいよう》がかたよってしまうもの。食べ物はその種類《しゅるい》によって、『体のエネルギーになるもの』、『血や肉になるもの』、『体のバランスを整《ととの》えるもの』等のはたらきがある。これら三つの栄養素《えいようそ》をうまく取り入れることによって体は健康《けんこう》を保《たも》つことができる。体の健康《けんこう》は、心《こころ》と頭の発達《はったつ》にも影響《えいきょう》をおよぼすわ。どれが欠《か》けてもバランスよく成長《せいちょう》できない。そのことに、いっこくも早く気づいてほしいなあ。」

ゆうがいいました。

「とにかく、子どもたちの偏食《へんしょく》をどうにかしなくちゃ。それがぼくのつとめだ。」

たけしが、力強くいいました。

次の日、たけしは、好《す》き嫌《きら》いをする子の心《こころ》にすんでいるオニを退治《たいじ》しようと思いました。

「これから、子どもの心《こころ》に入ってオニたいじをする。ゆう、たのむ。」

ゆうがうちでのこづちを、たけしの耳もとでカランコロンとならし、

「ウイルスの大きさになあれ。」

というと、たけしは消えました。いえ、消えたという表現《ひょうげん》はあっていません。正しくは、確《たし》かにそこにいるのに、だれの目にも見えなくなったというところでしょう。

「夏休みで給食はない。とすると、となり町のレストランだ。」

ゆうとたけしは、ワールドレストランの最上階《さいじょうかい》へいきました。レストランには、一万人以上《いじょう》もの人が食事をしていました。夏休みとあって、子どもが5000人はいそうです。あっちこっちにざんさいがありました。

「そうとう手ごわそうね。偏食《へんしょく》オニの数は、ざっと見ても5000。」

「どうせたたかうなら多い方がいい。よし、手はじめはこの子にしよう。」

たけしが選《えら》んだのは、がりがりの子どもでした。おさらには、ステーキのかたまりがそのままのこっていました。

「一平《いっぺい》、お肉をたべないと大きくなれないわよ。お兄《にい》ちゃんなのに、弟に身長がこされちゃったじゃない。」

お母《かあ》さんがあきれたようにいいました。

「だって、ぼくお肉が嫌《きら》いなんだもん。」

一平《いっぺい》君は、ほっぺをぷくっとふくらませていいました。

「よし、せいこうだ！」

たけしは、一平《いっぺい》君があくびをした時、口の中にポーンととびこみました。人間《にんげん》の目には見えな

いので、かんたんにはいることができました。食道をスイスイとどんでいくと、金色の広場にでました。

そこには、金色の羽をつけたエンジェルがいました。たけしを見つけると、青い顔をして、

「お肉がほしいのに、偏食《へんしょく》オニがいつもみはっているので食べることができないの。おかげで、ちっともファイトがでない。遊ぶ元気もおこらないし、本を読む気力もなし、まして勉強する気などにとんとなれないわ。最近《さいきん》生まれたばかりの妹にもやさしくできない。どうしたら、お肉を食べてもらえるかしら…。このままだと、やせ細って死んでしまう。」

と、悲しそうにいいました。

「ぼくにいい考えがある。偏食《へんしょく》オニはおどりが苦手《にがて》だと聞いたことがある。二人《ふたり》でおどろう。おどっておどっておどりまくって、偏食《へんしょく》オニを退治《たいじ》しよう。」

たけしとエンジェルが、『好《す》き嫌《きら》いなしなしダンス』をくるったようにおどりました。まるであわおどりのようなかっこうです。おどりまくっているうちに、偏食《へんしょく》オニの顔が青ざめてきました。反対に、エンジェルの顔はサクラ色にそまってきました。偏食《へんしょく》オニは、次第《しだい》に元気を失《うしな》い立っていられなくなり、最後《さいご》にはばたんとたおれました。

「やった!!!」

その時です。食道からはじめてお肉がながれてきました。エンジェルはステーキのジュースをごくごくのむと、

「ああ、おいしい。パワー全開よ。命《いのち》びろいしたわ。」

といって、バレリーナみたいにくるくる回りました。目にもとまらぬ速《はや》さでした。77周ほど回ったころでしょうか。ようやくスピードが落ちて止まりました。

「まだ、エネルギーがあまってる。ステーキジュースって威力《いりょく》あるわね。たけし、ありがとう。あなたは命《いのち》の恩人《おんじん》だわ。ところで、もうひとつおねがいがあるの。わたしの友だちをすくってくださらないかしら。みんなそろって青い顔をしているの。」

といって、手をあわせました。その時、こんな声がしました。

「一平《いっぺい》ったら、生まれて初《はじ》めてステーキを食べたわね。おめでとう。でも、いったい、どうしたの？　あんなに嫌《きら》いだったのに。」

お母《かあ》さんがさけびました。

「ぼく、とつぜん、ステーキが食べてみたくなったんだ。食べたら思ったよりおいしかった。それに、へんだな、なんだか急に勉強をしたくなってきた。母《かあ》さん早く帰ろう。妹《いもうと》のさえは、ぼくがだっこする。」

一平《いっぺい》君は、うでに力こぶをつくっていいました。

このとき、たけしは、ワールドレストランの子どもの心《こころ》にすみついていたエンジェル5000人と、地球《ちきゅう》上に住んでいる全《すべ》てのエンジェルを集めることにしました。たけしは、はりの刀《かたな》をぬくと、

「地球《ちきゅう》上のエンジェル大集合！」

と、さけびました。すると、どうでしょう。

たちまち、まばゆい羽をつけたエンジェルたちがとんできました。その数、およそ60億人《おくにん》。たけしは、あまりの美しさにしばしみとれていました。

はりの刀《かたな》からは、エンジェルだけにとどく特別の光線がでていたのです。こんな場面を人間《にんげん》たちにみられたらそれこそたいへん。でも、大丈夫《だいじょうぶ》。エンジェルは人間《にんげん》たちの目に見えません

でした。そう、たけしと同じように小さいからです。もちろん、何十億人《おくにん》いたって、場所もとりません。

レストランのかたすみで、たけしがいいました。

「みんな、遠いところ、かけつけてくれてありがとう。よくきてくださった。とつぜん集まってもらったのには、わけがある。このごろ、偏食《へんしょく》の子どもがふえていると聞いた。清《きよ》らかなはずの心《こころ》には、偏食《へんしょく》オニがすみついて困《こま》っているのではないかな?」

「その通りよ。あたし、ずっとゴボウをたべてないの。つやつやのおはだが自まんだったのに、ほらかさかさよ。」

レモンの羽《はね》をしたエンジェルは、くぼんだほっぺに手をあてていいました。

「わたしはやる気がでなくて、ずっとねこんでたわ。熱《ねつ》がでてさがらないの。ああ、なっとうが食べたい。」

ペパーミントの羽《はね》をしたエンジェルは、ひたいに手をあてていいました。

「あなたたち、まだましよ。わたしは危篤《きとく》じょうたいが続《つづ》いてる。明日《あした》までもつかしら? まっ白いミルクがのみたい。一口のんだらしんだってかまわない。」

パープルの羽《はね》をしたエンジェルが、息《いき》もたえだえにいいました。

「君たちは生きるべきだ。いや、元気に生きる権利《けんり》がある。決して、偏食《へんしょく》オニに負けてはならない。今日《きょう》は、いい情報《じょうほう》がある。そのために集まってもらった。」

「なあに?」

シルバーの羽《はね》をしたエンジェルが、目を見開いていいました。

「いいかい、偏食《へんしょく》オニたちの苦手《にがて》なものはダンスだ。『好《す》き嫌《きら》いなしなしダンス』をおどれば偏食《へんしょく》オニはたおれる。だから、自分《じぶん》を信《しん》じておどりまくってほしい。決して、あきらめてはならない。もしも、君たちが死んだら、ご主人の命《いのち》もいっしょになくなるのだからね。」

「はい。」

60億《おく》5000人の声が、レストランにいっせいにひびきわたりました。

エンジェルたちの声は、決して人間《にんげん》には聞こえません。でも、たけしには聞こえる波長《はちょう》でした。返事とともに、エンジェルたちは、自分《じぶん》の住みかへと消えていきました。


その晩《ばん》、たけしは、レストランへ行くと、支配人《しはいにん》に耳うちしました。


「ほにゃららら。」

支配人《しはいにん》は、目を丸《まる》くして、

「グッドアイディア!」

といって、手をたたきました。数ヶ月たつと看板《かんばん》は、こんなふうに書きかえられました。

『世界で二番目にまずいレストラン。』

とうとう、世界で二位になったのです。これは、日本のざんさいがへった証拠《しょうこ》です。

さて、たけしは、支配人《しはいにん》にいったい何をいったのでしょう? 耳うちした内容とは、こうでした。

レストランで、こんなきまりをつくったのです。
★のこした場合、代金は十倍《ばい》。700円のカレーの場合、にんじんひとつ残《のこ》すと支払いは7000円になります。
★のこした場合、かわりに、その食べ物のエキスたっぷりの粉薬をのんでいただきます。ただし、ほんもののニンジンより、薬の方がくさみがあります。

代金は高くなる、薬は苦《にが》いということで、お客さんは、嫌《きら》いなものでも鼻をつまんで食べました。すると、いつの間にかなれて、

「なんだ、ニンジンて意外《いがい》とおいしいじゃない。」

といって食べるようになりました。好《す》き嫌《きら》いは、脳《のう》できまるようです。

「おいしいぞ！」って脳《のう》で思うとたいていのものは、食べられます。

いや、それより何より、エンジェルたちは『好《す》き嫌《きら》いなしなしダンス』をおどりまくって、偏食《へんしょく》オニを退治《たいじ》したからです。60億《おく》5000人のオニたちは家をなくし、次はどこにすみつこうかと、いごこちのいい住みかをねらっています。ご用心、ご用心！！！

さて、パープルの羽《はね》をつけたエンジェルはどうしたかって？　もちろん、元気をとりもどし、心《こころ》をとびまわっています。偏食《へんしょく》オニを退治《たいじ》したら、まっ白いミルクが流れてきたのです。今は毎日《まいにち》のんで、

「十歳《さい》もわかがえったみたい。」

って、うれしそうに話してくれました。

いろんなものをバランスよく食べると、
☆からだは元気100倍《ばい》
☆テストはもちろん満点《まんてん》
☆心《こころ》にゆとりの泉《いずみ》ができる
☆集中力さらにアップ

☆ゆめがかなう。
だから、いろんなものを残《のこ》さずたべましょう
三回目のオニたいじもばっちり成功《せいこう》でした。エッちゃんの家にきて、四日がたっていました。

9　オニは鬼ヶ島《おにがしま》へ帰る？

ある月夜の晩《ばん》のことです。満月《まんげつ》では、ウサギの家族がもちつき大会をしていました。たけしは、つきたてを二つ三つわけてほしいと思いながら、近くの公園へ行きました。

「オニのボス出てこい！」

たけしがいさましい声でさけぶと、その声は光よりも早い速度《そくど》で地球《ちきゅう》を一周しました。何十秒かすると、赤オニがふらふらしてやってきました。手には酒のとっくりを持ち赤い顔をさらに赤くして、

「ボスはおれだが、何か用かい？　今、やけ酒をのんでいたところだ。」

といいました。かなりよっぱらっているようです。

「用があるから、よんだのさ。それより、やけ酒なんて…。飲み過《す》ぎは体に悪い。何かいやなことでもあったのかい？」

たけしが、なだめるようにいいました。

「ウィッ、こんなことになって、酒をのまずにいられるかって。今回のしうちは、ひどいなんてものじゃない。常識《じょうしき》をはるかにこえている。何しろ、オニ族《ぞく》の全《すべ》てが被害《ひがい》にあったんだ。これじゃまるで生き地獄《じごく》だ。地獄《じごく》には神も仏《ほとけ》もないのかよ。うわさによると、たけしってやつのたくらみだとか…。くそっ、さがしてぼこぼこにしてやる。」

赤オニはくやしそうにいいました。

「たけしが、いったい何をやったんだい？」

たけしは、しらばっくれてたずねました。

「心《こころ》に住むエンジェルたちに、おれたちオニが大嫌《きら》いなダンスをおどるよう指令《しれい》をだしたんだ。」

赤オニは、目の前にいるのがたけしだとはしらずにいいました。

「おどろかせて悪いけど、たけしはぼくだ。今まさに君がぼこぼこにしたいといったたけしさ。君の目の前にいる。にげもかくれもしないさ。」

たけしは、自分《じぶん》の正体《しょうたい》をあかしました。ところが、赤オニはちっとも相手《あいて》にしないでいいました。

「たけしはたけしでも、お前さんみたいに弱々《よわよわ》しくはないさ。本物は、もっと筋肉質《きんにくしつ》でうでっぷしも強い。それに、背丈《せたけ》だって君ほど高くない。それはもう、ごまつぶより小さいって。一平《いっぺい》って子の心《こころ》にすんでた青オニが教えてくれた。おれたちオニは、人間《にんげん》の体の外に出ると大きくなるが、たけしは小さいまままらしい。」

と、いいました。

「たけしも大きくなるとしたら？」

「そんなこと、ありえない。おれの勘《かん》は当たるんだ。」

赤オニは自信《じしん》たっぷりにいいました。

「わかったよ。でも、そんな小さいやつに負けるなんて…。地球《ちきゅう》上のオニ全部対たけし。相手《あいて》はひとりだろう？」

たけしは、またからかってみました。

「ああそうさ。だから、よけいにくやしいんだ。いくら飲んだってよっぱらえない。おれたちオニ族《ぞく》のプライドにかけても、たけしをさがし出す。長い間、おれたちは、人間《にんげん》たちの心《こころ》に入り、悪い心《こころ》をポリポリ食べて生活していた。ところがだ、先日、エンジェルたちがくるったようにダンスをおどりやがった。おれたちはみな、パワーをすいとられ、その場にたおれてこんでしまったんだ。意識《いしき》を失《うしな》ったらおしまい。悲しいかな、排泄物《はいせつぶつ》と同じさ。人間《にんげん》の体の外にだされちまう。今、地球《ちきゅう》上の60億《おく》5000のオニたちが住みかを失《うしな》って放浪《ほうろう》している。おれはボスとして、これからどうしたらいいものかと、考えていたところさ。」

赤オニは、どうやら真剣《しんけん》になやんでいるようでした。

「そのボスにたってのおねがいがある。君をよんだのは、それを伝《つた》えるためさ。もう二度と人間《にんげん》たちの心《こころ》にはいらないと、約束《やくそく》してほしい。君の命令《めいれい》なら、オニたちはしたがうはずだ。地球《ちきゅう》上に放浪《ほうろう》しているオニたちをつれて、直《ただ》ちに鬼ヶ島《おにがしま》へかえってほしい。」

たけしが、ひといきでいいました。

「鬼ケ島《おにがしま》ね、あそこは、今あれ放題《ほうだい》だ。だれも住んでいないから、しかたないけどね。オニたちは働《はたら》くのが嫌《きら》いだろう？　だから、食べ物だって何もないさ。そんな所へ誰《だれ》が行くだろう。なまけものが、畑をたがやすはずがない。他《ほか》のオニたちにいっても無駄《むだ》だと思うけど…。」

赤オニがそっけなくいいました。

「そうかな、君が働《はたら》くよう命令《めいれい》すればオニだって働《はたら》くようになるんじゃないかな？　何事もやってみなくちゃわからない。」

「おれたちには、オニの伝統《でんとう》があるんだ。そんなに簡単《かんたん》にくずせない。」

赤オニが、きっぱりといい放《はな》ちました。

「オニの伝統《でんとう》ね。それも大事《だいじ》かもしれないけれど、もっと大切《たいせつ》なのは、今生きている人たちがよしと考えることを行動に移《うつ》す事だよ。常識《じょうしき》にとらわれていたら、オニ族《ぞく》の発展《はってん》はないのではないかな？」

たけしが赤オニの顔を見つめると、赤オニは少しとまどったように、

「そうかなあ。それじゃ、オニ族《ぞく》のプライドがつぶれてしまう。」

といいました。

「プライドにどんな意味があるのだ？」

たけしは、声を強くしていいました。

「プライドは大切《たいせつ》だよ。これがなくなったらオニたちの威厳《いげん》というものがなくなってしまう。よりすてきなオニにといい聞かせ、凛《りん》と生きている時、おれはいつもとちがう自分《じぶん》を発見する。」

赤オニは高ぶった気持ちをおさえることができず、こうふんしていいました。

「その気持ちわからないでもないさ。でも、プライドなんて、もろいものさ。ぼくは、ガラスの刀《かたな》みたいなものだと思う。鞘《さや》からぬくと、きらっと光って何人でも切れそうに見えるけど、戦うとたちまちこわれてしまう。つまり、かっこうだけで実がないってことさ。プライドをすてる勇気《ゆうき》を持つことも大切《たいせつ》なんだと思う。」

たけしが力強く言い放《はな》つと、赤オニはおこったように、

「さっきから聞いていれば、勝手なことばかりぬかしておる。おれたちはオニだ。オニに生まれたからには、オニとしてのつとめがある。決して天使などになってはいかんのだ。それにな、この世で人間《にんげん》たちの悪い心《こころ》ほどうまいものはない。おれは、たけしってやつをたおして、もう一度、オニ族《ぞく》が人間《にんげん》たちの心《こころ》に入る作戦をたてる。」

といいました。

「君もがんこだな。ところで、悪い心《こころ》ってどんな味だい？」

たけしは、興味津々《きょうみしんしん》にたずねました。

「チョコレートみたいにあまくって、おせんべいみたいにしおからくって、レモンみたいにすっぱくって、少しだけビールほどのにがみがある。食べると、口の中がパチパチはじけジェットコースターにのったような気分になるんだ。ひとことでは説明《せつめい》のできない味だよ。」

「ひぇー、すごい味だな。ぼくも食べてみたくなった。」

たけしは、こうふんしていいました。

「お前も一度食べたら、きっと忘《わす》れられなくなる。そんな魅力的《みりょくてき》な味なんだ。かけらでもいいから、食べさせてあげたいな。」

この時、赤オニはたけしに人情《にんじょう》を感じはじめていました。

「だけど、ぼくにはできない。ぼくは、正義《せいぎ》の味方《みかた》としてこの世に生まれた。オニを退治《たいじ》をするのが、ぼくのつとめ。ぼくにはぼくのプライドがある。」

「おやおや、さっきは、プライドなんて実がないっていってたくせに…。いってることが全然《ぜんぜん》ちがう。」

赤オニが逆襲《ぎゃくしゅう》しました。

「ごめん、そうだった。立場がちがうと、考えもかわってしまうんだ。」

たけしは頭をかいていいました。

「ところで、さっき、オニたいじっていってたけど、おれたちを退治《たいじ》するのがお前の仕事なのか？」

赤オニがたけしをのぞきこむようにいいました。

「そうさ、だから、ぼくはさっきから君がぼこぼこにしたい『たけし』だっていってるだろう。」

たけしは、念《ねん》を押すようにいいました。

「それじゃ、ほんものなのか？」

「ほんもの以外《いがい》の何者でもないよ。正真正銘《しょうしんしょうめい》のたけしだ。」

「それじゃ、本物だって証明《しょうめい》してもらってもいいか？　つまり、小さくなれるか？」

赤オニは、どうしても信《しん》じられないようすです。条件《じょうけん》をだしてきました。

「もちろん。」

たけしはゆうを呼《よ》び出すと、ゆうはすぐに首をたてにふり、

「まかして！」

といいました。ずっと、ものかげにかくれて二人《ふたり》の話を聞いていたのです。

ゆうは、もっていたうちでのこづちを高くかざし、たけしの耳もとで、カランコロンとならしました。

「小さくなあれ！」

というと、たけしは小さくなりました。3センチほどの大きさです。

「あれっ、お前は、以前《いぜん》どこかで会ったことがある。その体、その刀《かたな》…、そうだ！　思い出したぞ。一寸法師《いっすんぼうし》じゃないか。あの時はおれのおなかに入り、めっちゃくちゃにはりの刀《かたな》でさしやがった。うらみをはらそうと、さがしてたんだ。まさか生きてるとはな。」

「一度死んで、また生まれたんだ。」

たけしは、とっさにほんとうのことをいいました。

「ややこしいことをいうな。そうか、青オニがいってたたけしっていうのはお前だったのか…。本物だったってわけだ。それと、以前《いぜん》おれをやっつけた一寸法師《いっすんぼうし》が同一人物《どういつじんぶつ》だったとはな。こりゃあ、話が早い。獲物《えもの》が目の前にでむいてくれるなんて、光栄《こうえい》のいたりだよ。」

赤オニが、うす笑《わら》いをうかべていいました。「やっと、ぼくがたけしだってわかったようだな。ということは、ぼくと君は敵《てき》同士だ。宿命《しゅくめい》のライバルってわけだ。さあて、それじゃ、話はこれからだ。始めにいった条件《じょうけん》をのんでもらおう。」

「いやだね。鬼ケ島《おにがしま》に帰るなんて今さら考えられないさ。わけは、さっき話した。そういや、女が持ってたうちでのこづち、返してもらおうか。それは、おれの大親友、青オニの宝《たから》だ。亡《な》き母《はは》のかたみだったんだ。」

赤オニのテンションは、次第《しだい》にあがっていきました。

「このおかげで、ぼくたちは結婚《けっこん》できた。うちでのこづちには感謝《かんしゃ》してる。縁結《えんむす》びのかみさまだ。だから、今さら返すわけにはいかない。それに、オニたいじをするには、こづちの力が必要《ひつよう》なんだ。ぼくたちは、君たちが落としていったものを拾《ひろ》った。拾《ひろ》ったものをずっと使い続《つづ》けてきた。一体《いったい》、どこが悪いんだい?」

たけしは、うちでのこづちが自分《じぶん》たちのものだといいはりました。

「持ち主がわかったらとどけるのが、常識《じょうしき》だろう?」

「あれから、555年もたったんだ。今のけいさつのシステムでも時効《じこう》だよ。」

「時効《じこう》になったからいいなんて。持ち主に届《とど》けるのが正義《せいぎ》というものじゃないか?」

「もうひとつ、貴重《きちょう》なわけがある。ぼくたちは、うちでのこづちを人間《にんげん》たちの幸《しあわ》せのためにつかっている。それに対して、君たちは悪用していた。たとえ拾《ひろ》ったものでも、かみさまはぼくたちをゆるしてくださるはずさ。」

たけしは説得力《せっとくりょく》のあるいいわけを思いつき、自信《じしん》たっぷりにいいました。

「どう使おうが、持ち主次第《しだい》だ。人にとやかくいわれるすじあいはない。自由があるから生活は楽しくなる。そうじゃないか?」

赤オニも負けていません。

「わからないでもないさ。でも、今は、これが必要《ひつよう》なんだ。そうだ! こうしよう。オニたいじが終《お》わったら青オニ君に返すよ。」

たけしは知恵をふりしぼって、最後《さいご》の案《あん》をだしました。ところが、赤オニはまんまるの目をさらに丸《まる》くして、

「終《お》わったら返す? オニたいじが終《お》わったらおれたちは消滅《しょうめつ》していない。お前、頭大丈夫《だいじょうぶ》か?」

と、心配そうにいいました。赤オニのいうことは、もっともでした。

「あははっ、そうだった。オニたいじが終《お》わったら、君たちに返すことができなくなるってわけだ。あれっ、へんだな。君とぼくは敵《てき》同士なのに、話していると敵《てき》ということを忘《わす》れる。」

たけしは二人《ふたり》の間に、おかしな感情《かんじょう》がわきあがっていることに気づきました。

「おれもだ。さっきから、みょうな気分なんだ。戦《たたか》いでなく、話し合いで解決《かいけつ》するいい方法はないものだろうか？」

赤オニも、すぐに賛成《さんせい》していいました。

「よし、そうしよう。戦《たたか》いはお互《たが》いを傷《きず》つける。」

「じつはおれも戦《たたか》いは好《す》きじゃない。それで、話し合いの内容は何だっけ？　たしかおれは、お前に呼《よ》び出された。用件《ようけん》は…？」

「めずらしいな、戦《たたか》いの好《す》きじゃないオニがいたなんて…。まあいいさ。オニにもいろいるわけだ。概念《がいねん》で決めつけちゃいけないってことだろう。ぼくの願《ねが》いはこうだ。ひとつ、二度と人間《にんげん》たちの心《こころ》に住みつかないでほしいということ。ふたつ、鬼ヶ島《おにがしま》へ帰ってほしいということだ。」

「そいつは無理《むり》だな。さっきから何度もいってる。ぼくたちは、人間《にんげん》たちの心《こころ》に必要《ひつよう》なんだ。」

赤オニは、同じ質問に三度も答えあきれはてていいました。

「オニは人間《にんげん》たちの敵《てき》さ。そんな話聞いたこともない。」

たけしはまっこうから反対していいました。すると、ゆうが話をさえぎるように入ってきました。

「わたしも発言していいかしら？　たった今、赤オニさんの話を聞いてはっとしたの。悪《あく》がなかったら、人間《にんげん》たちは善悪《ぜんあく》の判断《はんだん》ができないわ。ゆえに、オニさんたちは、人間《にんげん》たちの心《こころ》に必要《ひつよう》なのよ。」

ピッコロのような澄《す》み切った声が、空のお月さまにとどいたようでした。たけしは、ゆうの発言におどいていいました。

「ゆう、どうしたというんだい？　いったい、だれの見方なんだ。」

「どっちでもない。わたしは、中立。裁判官《さいばんかん》の役を務《つと》める。二対一じゃ、赤オニさんがかわいそう。正々堂々《せいせいどうどう》と一対一でいきましょ。それでいいわね。」

ゆうの声は明るく公園にひびきました。すると、オーケーというように、木にとまっていたミンミンゼミたちも鳴き始めました。

「ああ。」

たけしは力なく答えました。

「もちろん。」

赤オニの顔がぱっとかがやきました。ゆうがいいました。

「さっきの続《つづ》きだけど、人間《にんげん》ってさ、かみさまみたいに完成《かんせい》されてないでしょ。ああじゃないかこうじゃないかと思いをめぐらして、行動に移す。試行錯誤《しこうさくご》した結果《けっか》、失敗《しっぱい》することもある。欲《よく》ばって大損《おおぞん》したり、人の分も食べておなかこわしたり、勉強せずなまけて受験《じゅけん》に落ちたり…。まだまだある。でも、失敗《しっぱい》のおかげで、学ぶわけでしょ。欲《よく》をかかず一生懸命《いっしょうけんめい》に生きようとか、かくれて人のものをとらないようにしようとか、なまけずに勉強しようとか…。成功《せいこう》より、失敗《しっぱい》から学ぶことの方が多いと思う。成長《せいちょう》するにつれて、心《こころ》の中のオニは次第《しだい》に勢力《せいりょく》をなくしていく。」

「そうなったら、おれたちは、住みかをかえる。だって、悪い心《こころ》がないわけだから、食べ物がなくなるってことよ。そんなところにいつまでもいたら、がりがりになっちまう。」

赤オニが、ゆうの言葉を続《つづ》けていいました。

「てことは、人間《にんげん》たちが自分《じぶん》の心《こころ》で善《ぜん》の行動がとれるようになると、自然にオニはいなくなるってことか。わざわざ、ぼくが退治《たいじ》する必要《ひつよう》がなくなるってことだ。」

たけしがつぶやきました。ゆうは、お月さまよりもっと瞳《ひとみ》を大きくしていいました。

「たけしが勝手に退治《たいじ》したら、人間《にんげん》たちは自分《じぶん》の心《こころ》に住み着いていたオニに気づかずに、また同じあやまちをくり返してしまう。大切《たいせつ》なのは、それはいけないことだと人間《にんげん》が自覚《じかく》することだわ。だから、この世から、オニは追放《ついほう》しない方がいいと思う。地球《ちきゅう》上のオニたちが鬼ケ島《おにがしま》へいったら、おそらく人類《じんるい》は滅亡《めつぼう》ね。」

ゆうは、続《つづ》けました。

「エンジェルだけの人間《にんげん》がいたとしたら、それはかみさまね。人間《にんげん》はかみさまじゃない。だれかがいってた。人間《にんげん》は罪深《つみぶか》き生きものだって。失敗《しっぱい》をおかしてもいいのよ。オニがいるくらいの方がなまなましくていい。」

ゆうの言葉が終《お》わるか終《お》わらないうちに、たけしがいいました。

「それじゃ、ボス！　さっそくで悪いが、今晩地球《こんばんちきゅう》上に放浪《ほうろう》しているオニたちを全部集め、指令《しれい》をだしてほしい。『至急《しきゅう》、人間《にんげん》たちの心《こころ》に入りなさい。』と。そして、こうつけ加えてほしい。『エンジェルをあまりいじめるでないぞ。ほどほどに。』とな。」

「たけし兄《にい》、おやすいご用で！！！　まかしてください。」

赤オニは、たけしのことを兄《にい（あに）》とよびました。なんだか、ほんとうの兄《にい》さんのような気がしたのです。

「たのんだぞ。かわいい弟よ。」

というと、たけしは、赤オニの手のひらにとびのりました。次に、赤オニは、ゆうにむかっていいました。

「ゆうさん、おれたちはあなたのおかげで生きのびた。60億《おく》5000のオニ族《ぞく》の命《いのち》をすくってくれてありがとう。お礼《れい》に、うちでのこづちをプレゼントします。」

「えっ、いいの？　あんなにほしがってたのに…。青オニさんの宝《たから》。お母《かあ》さんのかたみでしょう?」

ゆうの声はうわずっていました。

「あいつだって、よろこんでくれると思います。オニ族《ぞく》の未来《みらい》と比《くら》べたら、たいしたことありません。」

赤オニは、しあわせそうにほほえんでいました。ゆうが、ひと昔前《むかしまえ》をふりかえり、

「ありがとう。大切《たいせつ》にするわ。拾《ひろ》ってからずっとずっと、気にかかっていたの。」

というと、赤オニはふるえあがって、

「それじゃ、あの時のお姫《ひめ》さまは!!!」

「そう、わたし。」

ゆうの瞳《ひとみ》が、ホタルのように光りました。

10　たけしの使命《しめい》はいかに？

その晩《ばん》、たけしはふとんにもぐっても熟睡《じゅくすい》できませんでした。うつらうつらしては、すぐに目がさめました。しかたなく、カーテンをあけると、まん月がふっくら見えました。

「お月さまは、きっとうさぎたちのついたもちを食べすぎたにちがいない。あーあ、ぼくも食べたかったなあ。」

と声をもらしました。たけしは、おなかがすいて、熟睡《じゅくすい》できなかったのかって？　いいえ、ちがいます。あることが気がかりになっていたのです。あることとは、そう『オニたいじ』のこ

とでした。

パステル魔女《まじょ》は、たけしに、

「人間界《にんげんかい》いるオニを退治《たいじ》してほしいの。それが、かみさまからの使命《しめい》よ。」

と、確《たし》かにいいました。

ところが、人間界《にんげんかい》にオニはいたほうがいいということになったのです。たけしはなやみました。なやんでいたら、おなかがキリキリといたみ、心臓《しんぞう》がドッキンドッキンとなりはれつ寸前《すんぜん》です。

「ぼくは何のためこの世にうまれたの?」

そうつぶやいた時、エッちゃんが月の光で目をさましました。外をぼんやりながめているたけしを見て、エッちゃんは体をベッドにおこすと、

「どうしたの? ねむれないの?」

と、声をかけました。たけしは、

「聞いてくれるかい?」

とたずねると、エッちゃんは、もちろんというように首をふりました。たけしは、一瞬《いっしゅん》顔を明るくすると、ついさっき赤オニと話したことをぽつりぽつりとしゃべり始めました。エッちゃんは、

「たけしったらすごい! 赤オニのボスを呼《よ》び出すなんて…。」

と、おどろいていいました。そして、話をひとつひとつ、うなずきながら聞きました。なるほどと感心することばかりだったのです。聞き終《お》わると、エッちゃんの心《こころ》ははずんでいました。

「あなたたち、敵《てき》同士なのに、よくけんかにならなかったわね。人間《にんげん》にとって良しとすることを

テーマに、話し合いがスムーズに行われてる。さすがだわ。」

「ゆうがいたからさ。ふたりの間に公正《こうせい》に入ってくれた。」

「そっか、ゆうが…。まったくすてきなあいぼうね。それで、いったい何を気にかけているの？」

エッちゃんはいちばん気になっていたことをたずねました。すると、たけしの顔は、まるで塩をふった漬《つ》け物《もの》のようにみるみるしおれていきました。

「いったい、ぼくのつとめは何だろう。オニたいじを命《めい》じられたのに、しなくていいなんておかしなことになってしまった。ぼくの行動はまちがっていたんだろうか？」

たけしの声は、涙《なみだ》でかすれていました。その時、お月さまは元気をお出しなさいとでもいうように、たけしの顔をてらしました。

「かみさまは、全《すべ》てお見通し。こうなることはきっとわかっていたはずよ。オニたいじをしないで、人間界《にんげんかい》のオニを退治《たいじ》する方法が、きっとあるにちがいない。」

エッちゃんが、きっぱりいいはなちました。

「オニたいじをしないでオニを退治《たいじ》する方法？　あははっ、まるでいじわるクイズだな。おかしなこといわないでくれ！　そんな方法、あるはずがないだろう。気やすめはよしてくれ！　ぼくの頭は、くるいそうだ。」

たけしは、頭をかきむしっていいました。かみの毛はぼさぼさです。

「たけし、気やすめなんかじゃない。ぜったいにあるはずよ。」

エッちゃんの言葉に、たけしはわれにかえって、

「ごめん、ぼく、どうかしてた。エッちゃんごめんよ。心配してくれたのにひどいことばかりいって…。」

といいました。

「あたしのことならいいの。」

エッちゃんは、やさしくいいました。こんなにあれているたけしを見るのは、初《はじ》めてのことでした。それほど、なやみが大きいというしょうこでしょう。『この地球《ちきゅう》で、自分《じぶん》が何をなすべきか?』なんて、問題がおおきすぎました。


その時です。とつぜん、ジンの声がしました。どうやら、二人《ふたり》の声で目がさめ、話を興味深《きょうみぶか》く聞いていたようです。とつぜん、会話にわりこんできました。

「たけし、こう考えたらどうだろう? 心《こころ》の中に、たとえオニがいたとしても、正しく判断《はんだん》しオニの意見を否定《ひてい》した行動がとれれば、まちがいはおこらない。つまり、オニはいなかったことになる。あやまってオニのいいなりになる人間《にんげん》は、まちがった行動をおこす。こいつらは、人間《にんげん》の顔をしたオニだ。つまり、ぼくは、オニのいいなりになる人間《にんげん》たちに、『それはまちがいだ』って示唆《しさ》を与《あた》えることが、オニたいじだと思うんだ。たけし、この考え方どうだろう?」

ジンは、たけしの顔をのぞきこむようにいいました。たけしは目をとじて、じっと考えこんでいました。頭の中で、ジンの言葉をくり返しているようでした。しばらくすると、

「そうか! その方法なら、オニたいじせずに、オニをやっつけたと同じことになる。ジン君はさすがだよ。頭がいい。」

と、晴れ晴れした顔でいいました。すると、エッちゃんは皮肉《ひにく》たっぷりに、

「ジン、あんたはいつもぬすみ聞きばかり。起きてるなら、起きてるってはっきりいってほしいものだわ。」

と、ぷりぷりしていいました。ところが、とつぜん目じりを下げて、

「でも、まあいい。ゆるしてあげる。あんたのいうこと当たってるかも。確《たし》かにそうね。たとえ心《こころ》の中にオニがいたとしても、オニの考えをふりきって行動すれば、いたことにならない。邪《じゃ》悪《あく》な考えは楽で得《とく》するかもしれないけれど、それは、人の道をはずすことになる。まちがった生き方だって教えることが大切《たいせつ》なんじゃないかなあ。」

といいました。すると、たけしが思い出したようにいいました。

「たしか、あの時、パステル魔女《まじょ》がこういった。『今、地球《ちきゅう》には人間《にんげん》の姿《すがた》をしたオニがたくさんうごめいている。それらをこらしめてほしい』って…。さっき、ジン君にいわれて、改《あらた》めてこの言葉を考え直してみた。すると、こんなことがわかったんだ。人間《にんげん》の姿《すがた》をしたオニというのは、エンジェルとオニのバトルでオニばかりが大きくふくれあがってしまった悲しい人間《にんげん》のことをさすのではないだろうかってね。だれの心《こころ》にも、オニとエンジェルは存在《そんざい》する。とすると、こんな状態では、おそらくエンジェルは瀕死《ひんし》の状態だ。その人間《にんげん》からぬけだせば、命《いのち》は助かるが、しかし、エンジェルがいなくなってしまったら、それこそ大変なことになる。」

たけしの言葉に、エッちゃんもひたいにしわをよせていいました。

「いやな事件《じけん》や事故《じこ》、けんかがふえるでしょうね。」

「ああ、やることなすこと悪《あく》にそまるわけだから、地球《ちきゅう》は平和じゃなくなる。そう、最後《さいご》はまちがいなく殺《ころ》し合いになる。」

ジンがいいました。

「せ・ん・そ・う・ね。二度とあってはならないことだわ。」

エッちゃんが顔をひきつらせました。

「オニをふくらませるもちぢませるも、全《すべ》て個人《こじん》の勝手。自由自在《じゆうじざい》にできるんだ。もちろん、時や場所や情況《じょうきょう》によりかわるだろうけどね。人間《にんげん》は欲《よく》に目がくらむ生き物だからな。いつもはオニが小さくても、とつぜん大きくふくらむことだってある。」

ジンは悟《さと》ったようにいいました。

「ジン君はねこなのに、人間《にんげん》のことをよく知ってるね。」

たけしが感心すると、ジンはてれくさそうにいいました。

「それほどでもないさ。でも、ぼくは、心理学が好《す》きでね、じまんじゃないけど、そのへんの大学教授《きょうじゅ》や学者たちより本はよく読んでいる。今まで、心理学の本だけで軽く500冊《さつ》は読破《どくは》したよ。最近《さいきん》の学者たちの中には不勉強《ふべんきょう》な人も多くいてね。はずかしくないのだろうか。中には、学者の名誉《めいよ》だけで生きてる人もいる。何の意味があるのだろうと思うよ。」

「そんな人間《にんげん》は、『名誉《めいよ》のオニ』が頭をもたげでぷくぷくふくらんでいるんだろうな。オニって、ふくらんだりちぢんだり。まるで風船みたいだ。でも、何が支配《しはい》してかわるんだろう?」

たけしは疑問《ぎもん》に思いました。

「うーん、そうね、それは、ずばり！　人間《にんげん》の欲《よく》よ。欲《よく》深い人間《にんげん》は心《こころ》のオニが大きい。」

エッちゃんが答えました。

「それじゃ、欲《よく》を支配《しはい》するのは何?」

たけしの疑問《ぎもん》がつづきます。

「それは…。」

エッちゃんが、口ごもった時、ジンが口を開きました。

「たぶんだけど…、人間《にんげん》の欲《よく》をコントロールするのは、『意志《いし》』じゃないかなあ。心《こころ》の中のオニを大きくするも、エンジェルを大きくするも、全《すべ》ては人間《にんげん》たちの意志《いし》にかかってる。エンジェルを大きくする強い意志《いし》を持つことがかんじんだと思う。

ジンはえんぴつをとると、紙に『意志《いし》』と大きく書いていいました。

「意志《いし》って何？」

さらに、たけしの疑問《ぎもん》がつづきます。

「意志《いし》っていうのは、自分《じぶん》の考えや思い。何かを行おうとする積極的《せっきょくてき》な気持ちのことさ。意志《いし》が弱いとオニに負ける。つまり、意志《いし》は裁判官《さいばんかん》なんだ。常《つね》に正しい判断《はんだん》をくださなければならない。」

ジンがここまで説明《せつめい》すると、たけしが一瞬《いっしゅん》、首をかしげました。そこで、ジンは、

「ちょっとむずかしいようだから、かんたんに図にしてみよう。」

といって、紙の真《ま》ん中に長いぼうを一本をかきました。

「たとえは適切でないかもしれないけれど、体にたとえてみよう。意志《いし》を体の部分にたとえると、背骨《せぼね》といえるかな？　背骨《せぼね》は、体のどまん中にあり、全《すべ》ての神経《しんけい》をつかさどっている。また、生きるのに大切《たいせつ》な内臓《ないぞう》をガードしている。人間《にんげん》は背骨《せぼね》がないと歩くことができない。これと同じで、意志《いし》がないと行動できない。それくらい大切《たいせつ》なものだ。それでは、オニとエンジェルを体の部分にたとえると何だと思う？」

ジンは、ぼうのわきにまるをふたつかいていいました。

「ぜんぜんわからない。」

たけしが、ちんぷんかんぷんの顔でいいました。

「ごめん、こんな絵じゃわからないよな。ぼくは絵が苦手《にがて》でね。じつは肺《はい》なんだ。ちょうどうまいぐあいに、ふたつあるだろう。どちらがオニで、どちらがエンジェルでもかまわない。ふたつあることが重要《じゅうよう》なんだ。ひとつじゃ生きにくい。肺《はい》がひとつでも生きられないことはないけれど、呼吸《こきゅう》は苦《くる》しい。大切《たいせつ》な条件《じょうけん》は、どんな時もオニがエンジェルより小さいことだ。まれに、かみさまのように肺《はい》がひとつ。エンジェルだけの人もいる。しかし、そんなのは特別の場合だけさ。オニもエンジェルも、意志《いし》の命令《めいれい》で動く。意志《いし》、イコール裁判官《さいばんかん》。たけし、意志《いし》を体の部分にたとえてみたけれど、少しは理解《りかい》できたかな?」

ジンは、たけしの顔を不安《ふあん》そうに見ました。「よくわかったよ! ジン君、ありがとう。心《こころ》には、意志《いし》という名の裁判官《さいばんかん》がいるんだね。いろんな欲求《よっきゅう》に負《ま》けないよう見はってオニをこらしめる。」

「ところが、いい裁判官《さいばんかん》ばかりじゃない。時には、悪い裁判官《さいばんかん》もいる。どろぼうしたり、人をきずつけたり…。そんな人間《にんげん》の心《こころ》に住んでいる裁判官《さいばんかん》は、おそらくくさってるにちがいない。いやなにおいをぷんぷん発していることだろう。」

ジンがはきすてるようにいいました。

「そうかわかったぞ! ぼくの使命《しめい》は、オニたいじをすることじゃなく、悪い裁判官《さいばんかん》を裁《さば》くことだ。」

たけしがさけびました。

　次の瞬間《しゅんかん》、たけしはねむっていました。自分《じぶん》の使命《しめい》がわかってほっとしたのでしょう。すやすやと寝顔《ねがお》まで笑顔《えがお》でした。空のお月さまは、

「ゆっくりおやすみ。」

というと、雲の間へきえていきました。

朝、起きると、ゆうが朝食のしたくをしていました。メニューは、『ハッピーモーニングセット』です。タマネギとトマトのまるごとスープに、ハートがたビッグオムレツに、なんと、やきたてホッカホカのブドウパンです。エビとホタテのシーフードのサラダまでありました。

「みんな、おそいわね。せっかくの食事がさめちゃうわ。」

といって、ふくれていました。いくら、よんでも起きません。それもそのはず、三人がねたのは、明け方の四時をすぎていたのです。ゆうは、そんなこと知りません。朝は、五時ころから起き出して、

「今日《きょう》のぼうけんは、どこかしら？　ルンルンルン。」

と、鼻歌を歌いはりきっていました。

おなべやフライパンを洗《あら》っている時、電話がなりました。相手《あいて》の人は自分《じぶん》の名をなのらずに、

「こしに刀《かたな》をさしたたけしさんはいますか？　もしいたらかわってほしいのです。」

といいました。どこかなつかしい声です。だれかににてると思いました。

「えっと、あの声、だれだっけ？」

ゆうは、必死《ひっし》に思いだそうとしました。しかし、パニックをおこしてしまい落ち着いて考えられません。

だって、ゆうたちが再生《さいせい》したことを知っている人など、エッちゃんとジンの他《ほか》に、いないはずです。いったい、だれが電話をかけてきたというのでしょう？　ゆうはびっくりして、たけしを起こしました。

「たけし、電話！」

「えーっ、うそだろう？　ぼくに電話などあるはずがない。もう少し、ねかせてくれ。」

たけしは、また、目をとじました。

「ほんとうよ。それじゃ、切るからね。」

というと、たけしははっとして起きました。

「まってくれ！　ほんとうだったのか?」

「だから、さっきからいってる。」

ゆうは、ちょっぴりおこっていいました。

「もしもし。」

たけしがおそるおそる声をだすと、受話器から元気のいい声がかえってきました。

「丸《まる》だよ。たけし、覚《おぼ》えているか?」

こまくをやぶりそうなほど大きな声です。

「えっ、丸《まる》さん！ほんとうにあの丸《まる》さん？　だけど、この声、確《たし》かに丸《まる》さんだ。」

たけしはあわてて受話器をおとしそうになりました。

「たけし、よく聞け！　ゆうれいじゃないさ。ほんものだ。やっと、会えた！　ぼくは、ぼくは…。」

丸《まる》さんは、電話口で泣《な》いているようでした。

「丸《まる》さんがいなくなって、どんなにさびしかったことか。17年前、君が人間界《にんげんかい》へ再生《さいせい》したってテレパシーを送ってきただろう?　いつか、会いたいと思っていたよ。ところで、どうしてぼくが再生《さいせい》したのを知ったんだ?」

たけしは、17年前のことを思い出していました。

「きのうの朝、テレビでぐうぜん見たんだ。『ニューファッション』という番組に、君たちが紹介《しょうかい》された。町を歩く人々《ひとびと》をとった番組なんだ。彼女《かのじょ》がうちでのこづちを持ち彼氏《かれし》がはりの刀《かたな》を腰《こし》にさげていた。アナウンサーが、『まるでおとぎ話の一寸法師《いっすんぼうし》とお姫《ひめ》さまみたいですね。』といった時、ピンときたんだ。こんなファッションは、君たち以外《いがい》にない。画面をくいいるように見つめると、たけしとゆうちゃんじゃないか。あのころと、ちっともかわってない。ぼくは、君たちに会いたくなって、すぐにテレビ局へ電話をかけた。でも、何もわからなかった。」

丸《まる》さんは、がっかりしたようにいいました。

「えっ、ぼくたちがテレビにうつった？　カメラにとられてることさえ、知らなかったよ。でも、ただの通りすがり。テレビ局の人は、ぼくたちを知るよしもないさ。」

どんなうつりだったかしら？　たけしは、自分《じぶん》が映《うつ》ったテレビを一目見たいと思いました。

「ぼくの頭は真っ白けっけ。とにかく、自分《じぶん》でさがしだすしか方法がない。そこで、名前《なまえ》だけを手がかりに電話をかけまくった。この地域《ちいき》を中心に、電話帳の一ページ目から順にかけていけば、いつか会える。そう信《しん》じて、かけ続《つづ》けたんだ。じつは、昨日《きのう》の朝からずっとねむらないでかけている。話し言葉は、ズバリ！『こしに刀《かたな》をさしたたけしさんはいますか？』ってね。いいアイディアだろう？」

「いいアイディアにはちがいないが、名前《なまえ》だけでよく調べあげたものだ。丸《まる》さんの根性《こんじょう》には頭がさがるよ。君は、昔《むかし》からそうだった。何枚《なんまい》もの山づみの仕事があると、徹夜《てつや》でやった。ぼくが、途中《とちゅう》でねむっても、丸《まる》さんは一睡《いっすい》もしないで、ぼくが目がさめると終《お》わってた。あのころとちっともかわってないね。」

たけしは感心していいました。

「あははっ、ぼくは頭は悪いけれど、体力だけはあるからね。少しくらいねむらなくっても平気なんだ。」

丸《まる》さんは頭がよくお話も上手《じょうず》で、人よりたくさんの仕事をこなしたのですが、これがいつもの口ぐせでした。他《ほか》の人は、この言葉にどれだけ助けられたことでしょう。

「ぼくは、いろんな事、丸《まる》さんに教えてもらったなあ。そうじに料理にお酒の飲み方に…。なつかしいなあ。」

「そんなことあったっけ？　君はよくおぼえてるなあ。ところで、たけしっていう名前《なまえ》は、赤《あか》ん坊《ぼう》から、おじいちゃんまで、けっこういたよ。けれど、『うちのじいさんはこしに刀《かたな》なんてさしてないわ。』ってさけぶと、みんな、気味悪《きみわる》がって電話をきった。ぼくのこときちがいあつかいさ。」

丸《まる》さんの声は、心《こころ》なしかトーンがさがりました。

「そりゃあ、だれだってそう思う。」

「おいおい、君までそういうなよ。ぼくは、君との再会《さいかい》を夢《ゆめ》見てはじをかきつつ電話したんだからな。この電話で何件目《なんけんめ》だと思う？」

「そうだな…。100件《けん》くらいかい？」

「あまいね。100件《けん》？　この電話で、50万7894件目《けんめ》だったんだ。ぼくの苦労《くろう》もしらないで…。まあいいさ。」

「そういえば、きのうから、かけ続《つづ》けてるって…。ごめん。」

たけしは、丸《まる》さんにあやまりました。

「あやまるなよ。ぼくが勝手にかけたんだ。ぼくの方こそごめん。それほどたけしに会いたかったってことさ。あやまられると、気分が重くなる。ふたりの仲《なか》じゃないか。」

丸《まる》さんはからっといいました。何でも、ぐちゅぐちゅしたのが嫌《きら》いでした。

「丸《まる》さん、ぼくだってどんなにあいたかったことか。」

「ヤッホー！　ぼくたちは、両思いってわけだな。たけし、ところで、いつきたんだ。」

丸《まる》さんの声はさっきとはうってかわり、ぽんぽんはずんでいました。

「この世にきて、今日《きょう》でちょうど一週間になるかな？　ぼくたちも、パステル魔女《まじょ》の絵から生まれた。丸《まる》さんと同じさ。君がテレパシーを送ってきた時は信《しん》じられなかったけれど、自分《じぶん》が体験《たいけん》してみて確信《かくしん》できた。555年たったらまた生まれるってこと…。今は、魔女《まじょ》のエッちゃんの家にいる。君は、何をしているんだ？」

「ぼくは、学校の先生をしている。子どもが好《す》きだからね。陸上部《りくじょうぶ》では、子どもたちと一緒《いっしょ》に走ってるさ。」

「先生をしているのか？　情熱的《じょうねつてき》な丸《まる》さんにぴったりの仕事だ。陸上部《りくじょうぶ》の顧問《こもん》をやってるなんて、いくつになっても若《わか》いね。きっと、まっくろけになって走っているんだろう。一途《いちず》な性格《せいかく》はあのころと全然《ぜんぜん》かわってない。ぼくは、そんなところにひかれてた。」

「たけし、ありがとう。ところで、若《わか》さはハートだよ。どんな困難《こんなん》だって、願《ねが》って努力《どりょく》すれば必《かなら》ずやかなう。よく、20歳《さい》前後の若《わか》い時代を青春っていうだろう？　そんなのまちがいさ。40をすぎたころがほんとうの青春の始まりなんだ。50、60、70、80歳《さい》と青春まっ盛《さか》り。ぼくは、イノシシみたいにとっしんするつもりさ。だれかがこんな格言《かくげん》をいってた。『金がないなら知恵を出せ！　知恵がないなら汗《あせ》をかけ！　汗《あせ》が出ないなら?をだせ！』ってね。?は、今思考中。これから生きていく中で、答えをだそうと思っている。とにかくパワー全開！　もう年だからって、速度《そくど》をゆるめたくない。でも、90歳《さい》になったら、少し立ち止まって大きく深呼吸《しんこきゅう》しよう。過去《かこ》と他人は変えられないが、ふり返ることにより自分《じぶん》と未来《みらい》は変えられる。第二の静《しず》かな青春めざして自分《じぶん》を奮《ふる》い立たせたい。そして、100歳《さい》になったら、心《こころ》を洗《あら》い清《きよ》め第三の青春のシャワーに身をゆだねよう。生きることは、人間《にんげん》の美しさを失《うしな》わぬこと。生あるものに無限《むげん》の愛《あい》をふりそそぐこと。平和な地球《ちきゅう》でともにみんなと笑《わら》い合い、そのなかでも自分《じぶん》色の輝《かがや》きが放《はな》たれるよう生きたいと強く願《ねが》ってる。そう、ぼくは一生青春でいたいんだ。人からはどう思われようと、自分《じぶん》が納得《なっとく》のいく人生《じんせい》を歩んでいきたいと思う。そう信《しん》じて生きている。だから、年れいなんて関係ないさ。」

丸《まる》さんの声は、はつらつとしていました。

「てことは、丸《まる》さん、今40すぎだね。いっぱしのおじさんだ。」

たけしは、からかうようにいいました。

「年れいは関係ないって、さっきいったばかりだろう。たけしだって、たいしてかわらないくせに…。ところで、たけしはゆうちゃんといっしょなんだな。前世《ぜんせ》でも、あの世でも、この世でもいっしょ。なかがいいんだな。うらやましいよ。」

「ゆうとは、ぐうぜんにも、いっしょに生まれた。この縁《えん》を大切《たいせつ》にしようと思う。丸《まる》さんは結婚《けっこん》したの？」

「まあね、ぼくは、妻《つま》にひとめぼれをしてプロポーズした。若《わか》いころの妻《つま》は、モデルさんみたいにきれいだった。妻《つま》も、その場でオッケーしてくれた。ところが、長男、長女だっただろう？両家に反対されてね、それで、考えた末《すえ》…。たけしおどろくなよ。ぼくたちはかけおちをしたんだ。お互《たが》いに運命を感じてね、その恋《こい》をおわらせたくなかった。せっかく生まれてきたのだから、後悔《こうかい》したくなかったんだ。結果《けっか》はオーライ。年月がたち、両親はぼくたちを認《みと》めてくれた。今、両家はぼくの弟夫婦、妻《つま》の妹夫婦がついでるさ。」

丸《まる》さんはほおを赤らめていいました。でも、電話なので、たけしには見えませんでした。

「かけおち？　丸《まる》さんかっこいい！　やるじゃないか。すてきなおくさんと二人《ふたり》。毎日《まいにち》が幸《しあわ》せだな。」

たけしは、こうふんしていいました。

「まあね、今は、家族が増《ふ》えて五人さ。子どもが三人生まれたんだ。みんなそろって男の子だ。我《わ》が家は五人中四人が男さ。今じゃ、子どもたちに、ぼくの身長をこされたよ。三人ともよく食べる。学校の子どももすてきだけれど、自分《じぶん》の子どももかわいいよ。」

丸《まる》さんは、目を細めていいました。

「そうだろうね。」

「たけし、やっぱりこの世はいいね。生きてるって最高《さいこう》だ。声だけだったけれど、たけしに会えてうれしかった。いつか、機会があったらぜひ会おう。」

「約束《やくそく》だよ。」

といって、電話をきりました。

　朝ごはんを食べているとき、エッちゃんが目をぱちくりさせていいました。

「丸《まる》先生は、あたしの学校の教頭先生よ。朝はいちばんに来て学校の門をあけ、帰りはいちばん最後《さいご》まで仕事をしてる。お休みの日も学校へいって、陸上部《りくじょうぶ》の練習《れんしゅう》をしたり、校庭のごみを拾《ひろ》ったり、校舎《こうしゃ》のガラスをみがいたり、活動的に動いておられる。子どもたちにも、大人気《にんき》よ。

あたしも尊敬《そんけい》してる。」

エッちゃんの話を聞いて、たけしは、うれしくなりました。

「やっぱり丸《まる》さんだ。」


　ここで、丸《まる》先生のつとめている小学校の紹介《しょうかい》を少しだけしましょう。

　黒ちゃんという男の子のお話です。黒ちゃんは、長距離《ちょうきょり》の選手《せんしゅ》をめざして五年生の時から練習《れんしゅう》していました。今年は六年生です。

「今年こそ、選手《せんしゅ》になれるかな？」

と期待《きたい》しました。でも、丸《まる》先生が顧問《こもん》になってからは練習《れんしゅう》がきびしくなりました。

「ついていけないよ。やめようかな？」

黒ちゃんの頭に、一瞬《いっしゅん》オニの考えがしのびよりました。

しかし、黒ちゃんは、練習《れんしゅう》をさぼることなく、毎日《まいにち》一生懸命《いっしょうけんめい》に練習《れんしゅう》をしていました。丸《まる》先生ががんばっている黒ちゃんに、

「黒ちゃん、うでのふり、だいぶよくなってきたぞ。君には才能《さいのう》がある！」

と声をかけました。黒ちゃんは、その言葉に自信《じしん》を取り戻《もど》しました。

「やめないでがんばろう！　だって、ぼくには才能《さいのう》がある。」

そう信《しん》じ込《こ》んだら、パワーがみなぎっていました。

　黒ちゃんは、以前《いぜん》よりたくさん練習《れんしゅう》しました。走って走って走りまくりました。そしたら、走ることが楽しくなってきたのです。いつのころからか、走っていると、心《こころ》の中でハッピーな音楽も聞こえるようになりました。そして、距離《きょり》がのびても、苦《くる》しくなくなってきました。

　ある日、黒ちゃんは走りながら、

「風になったみたいだな。走ってる時がいちばんさわやかだ。」

と思いました。

　もちろん、土日も自主練習《じしゅれんしゅう》を欠《か》かしませんでした。休みだというのに、丸《まる》先生はいっしょに練習《れんしゅう》をみてくださいました。そして、マラソン大会の日、念願《ねんがん》の一位をとりました。丸《まる》先生はにこにこして、

「おめでとう。黒ちゃん。君の努力《どりょく》のたまものだよ。」

といいました。黒ちゃんの心《こころ》には、丸《まる》先生がいつもいっている『やればできる！』の言葉がひびきました。

　丸《まる》先生の練習《れんしゅう》は、一見きびしいように見えました。でも、その練習《れんしゅう》についていくと、必《かなら》ずや、自分《じぶん》の力が伸《の》びていきました。子どもたちは、どんなにうれしかったことでしょう。きびしさには、ほんもののやさしさがいっぱいつめこまれていたのです。記録《きろく》がのびると、丸《まる》先生は、

「すごいぞ！　よく、がんばったな。」

といって、ほめてくださいました。子どもたちはほめられるとうれしくなって、また、がんばりました。丸《まる》先生は、

「人と争《あらそ》うのではなく、自分《じぶん》自身の心《こころ》に勝つことが大切《たいせつ》だよ。」

って、教えてくれました。

　黒ちゃんは小学校を卒業《そつぎょう》して、中学一年生になりました。入部した部活動は、もちろん陸上《りくじょう》です。たまに、丸《まる》先生に会いたくて、小学校にやってきます。

11　ときめきどろぼうって　なあに？

「父《とう》ちゃんのバカヤロウ！」

ぬりたてのまっ白いへいに、赤いスプレーの文字が、あざやかにうかびあがりました。かどばった形が、巨大《きょだい》ないかりをあらわしているようでした。

かいたのは、まりなちゃん。五年生の女の子です。スプレー缶《かん》をもつ手には、こんしんの力がこめられ、今にもぺしゃんこにつぶれそうです。目には涙《なみだ》がうかびあがり、たちまち一粒《ひとつぶ》の

しずくとなって地面におちました。その瞬間《しゅんかん》、まりなちゃんは、スプレー缶《かん》をかべになげつけました。缶《かん》は大きな音をたててぶつかると、コロンコロンころがって足もとに止まりました。

まりなちゃんはいかりがおさまりきらず、みちばたの石をポーンとけりあげました。その時です。ちょうどそこを散歩《さんぽ》していたゆうとたけしに、ぶつかりそうになりました。

「あなた、あぶないでしょ！」

ゆうがさけびました。その声にまりなちゃんは、われにかえったようでした。

「ごめんなさい。」

あやまったほおに、今度は涙《なみだ》がつたいました。涙《なみだ》はとまりません。次から次へとあふれてきました。

「どうしたの？」

たけしが心配そうにたずねました。

「……。」

まりなちゃんは泣《な》いたまま、何も答えませんでした。大きくひとつ息《いき》をすると、くちびるをぎゅっとかみしめました。

「何かいやなことでもあったの？　あたしたちでよかったら、話して。」

ゆうがやさしくいいました。

「……。」

まりなちゃんは、くやしそうにくちびるをかんだままです。

「君が話したくないのなら、ぼくたちは行くよ。ただね、かべにこんないたずら書きをするなんてふつうじゃない。何か原因《げんいん》があったと思うんだ。ふだん、君はこんなことしないだろう？」

たけしの言葉に、まりなちゃんは首をこくんとふりました。

「おこったりしないから、何でも話して。アドバイスはできないけれど、聞くことはできる。さあ、涙《なみだ》をふいて！」

ゆうはバックからハンカチをとり出すと、まりなちゃんの涙《なみだ》をぬぐいました。

「あのね…。」

というと、まりなちゃんは口を開きました。

「携帯電話《けいたいでんわ》をかってほしいといったら、まだ早いといって父《とう》さんに反対されたの。友だちはクラスの半分くらいもっているのよ。どこにいても連絡《れんらく》がとれるし、メールもできる。わたしだけ持ってないと、なかまはずれにされちゃう。」

「それで、お母《かあ》さんは何て？」

「まりなが三歳《さい》の時、病気《びょうき》で亡《な》くなった。」

まりなちゃんは下をむいていいました。

「へんなこと聞いてごめんなさい。」

ゆうがあやまりました。

「いいの。そんなことより、うちの父《とう》ちゃんたら、すっごいがんこなの。ペンキやなんてやってるからかなあ？　職人さんて、がんこが多いでしょ。一度だめっていったら、どんなことがあってもぜったいにだめ。その上、すっごい流行遅《おく》れ。携帯電話《けいたいでんわ》もそうだけど、ゲームなんかも興味《きょうみ》なし。家に電話があるんだから、それを使えとか、ゲームするひまがあったら本を読めっていって、わたしの意見をちっとも聞いてくれないの。もう、くやしくって顔もみたくない。」

まりなちゃんは、ぷりぷりしていいました。

「すてきなお父《とう》さんじゃないの。」

ゆうが、感心していいました。

「えっ、どこがすてきよ。こんなことをいったら失礼《しつれい》だけど、神経《しんけい》をうたがうわ。」

まりなちゃんは、まるで信《しん》じられないといった口ぶりでいいました。

「君のお父《とう》さんみたいな人、今どき、めずらしいと思うよ。一途《いちず》でがんこ。いいじゃないか。それがほんものの愛情《あいじょう》さ。でも、なかなかできることじゃない。現代《げんだい》の子どもたちはちやほやと、まるでこわれものをあつかうように大切《たいせつ》に育てられているだろう。子どもたちがわがままになっちゃって、天下をとっている。親たちの中には、子どもに嫌《きら》われるのがこわくて、いいなりになっている親だっている。そんなの親失格《しっかく》だよ。」

たけしが、いかりをぶつけるようにいいました。

「がんこのどこがいいの？　結局《けっきょく》は何も買ってくれない。わたしの身にもなってみてよ。愛情《あいじょう》どころか、ただのどけちじゃないの。」

まりなちゃんの顔が一瞬《いっしゅん》ひきつりました。

「あなたの気持ち、とてもよくわかる。でもね…。」

ゆうが口ごもると、たけしが続《つづ》けました。

「今の時代はものであふれてる。何でもお金をだせば買える時代になった。ものは豊《ゆた》かになったが、反対に心《こころ》は貧《まず》しくなった。携帯電話《けいたいでんわ》は確《たし》かに便利《べんり》かもしれない。でも、昔《むかし》は手紙があった。白いびんせんに、思いをこめ一文字一文字書いていく。その作業たるやなんともいえず味わいがあったよ。書き終《お》わったらいく度も読み返し、『これでいいかな？』と自分《じぶん》に問うてみる。納得《なっとく》がいったら、あて名を書き、好《この》みの切手をはってポストに入れる。届《とど》くまでに二、三日。

『そろそろつくころだ。あの人から返事がくるといいのだけれど…』などと想像《そうぞう》し、にんまりする。といった次第《しだい》さ。どうだい？　風情《ふぜい》があるだろう？　今は、たいした用がなくても、ひまさえあれば電話している時代だ。季節《きせつ》のあいさつもなければ、言葉もえらばない。思いついたことだけ、ぽんぽんといいあっている。会議中、あっちこっちでドンヒャラピーヒャラと携帯《けいたい》の音がなり、歩きながらメールをする人のなんと多いことか。生活のマナーもくずれてきたように思う。少々《しょうしょう》幻滅《げんめつ》だね。携帯《けいたい》は便利《べんり》にはなったが、人との交際《こうさい》からときめきをうばってしまった。いわば、『ときめきどろぼう』だね。少しくらい不便《ふべん》の方が、もののありがたみがわかるってものさ。君のお父《とう》さんは、多分《たぶん》そのことが十分わかっておられるんだ。だから、反対している。」

たけしがまりなちゃんの顔を見ると、まりなちゃんは、

「うーん。そうかなあ？」

といいました。

「お父《とう》さんは、あなたに心《こころ》の豊《ゆた》かな人になってほしいのよ。ただのがんこじゃないわ。こうしてあなたをおこらせてまで、信念《しんねん》をつらぬくってたいへんなことだと思う。きっと、今ごろ心配をしてらっしゃるわ。」

「そうかなあ。」

まりなちゃんがつぶやいた時、父《とう》さんが『まりな貯金《ちょきん》』をしているのを思い出しました。いつだったか、部屋《へや》にパンダの貯金箱《ちょきんばこ》があって、『なーに？』ってたずねたら、『これはまりなが結婚《けっこん》する時につかうんだ。わしはタバコをがまんして、この中にいれることにしたんだ。』なんていってたっけ。

「そうよ。」

ゆうは、力をこめていいました。

「そういえば、本はよく買ってくれる。読むんだったら、何冊《なんさつ》でもいいよって…。父《とう》さんは、ただのけちじゃないか。」

まりなちゃんが明るくいいました。

「そう、どこの親も、子どもの成長《せいちょう》を願《ねが》ってるものよ。決して、けちやいじわるで買ってあげないんじゃない。」

「わたし、携帯《けいたい》がまんしようかな。おこづかいもためて、『がんこ父《とう》さん貯金《ちょきん》』でもつくろうかな？　たまったら、大好物《だいこうぶつ》のお酒をかってあげたいな。」

まりなちゃんの瞳《ひとみ》に青空が映《うつ》りました。はいいろの空からは、シュークリームの形をした雲が次々《つぎつぎ》と消え、空はたちまち青くなりました。

「それじゃ、このらくがき消そうか。」

「そうする。父《とう》さんに心配はかけたくないもの。それにしてもへんだな、こんならくがきするなんて…。わたしったら、どうかしてたみたい。」

まりなちゃんは首をかしげると、白いペンキでらくがきを消《け》し始めました。

ゆうとたけしは、「ヨーイドン！」で帰り道パタパタとかけだしました。いい気持ちでした。

家につくと、たけしは、

「なんだかとってもいいことをした。」

と思いました。

「まりなちゃんもやるわね。がんこ父《とう》さん貯金《ちょきん》だって…。父《とう》さんの愛情《あいじょう》に気づいたしょうこね。」

ゆうが笑《わら》っていいました。

「いつの世も親が子を思う気持ちは無限《むげん》さ。愛情《あいじょう》にあふれてる。でも、なかなか子どもはそれに気づかない。」

「どうしてかしら?」

ゆうがたずねます。

「子どもたちは、してもらって当たり前だって思ってる。つまり、頭の中では愛情《あいじょう》のたしざんでなくひきざん的思考が行われている。してもらってもそのまま、足《た》さないで、要望《ようぼう》が通らないとひきざんをする。どうしてやってくれないのかとわめき、すぐに切れる。」

「親ってたいへんね。」

ゆうが同情するようにいいました。

「本気で育てれば、子どもは親にほんものの愛情《あいじょう》を持つものだ。まやかしは罪《つみ》だ。」

たけしは、いきおいよくいいました。

「そうね。まりなちゃんもお父《とう》さんの愛情《あいじょう》に気づいた。愛情《あいじょう》を感じた子は、親に感謝《かんしゃ》の気持ちをもつようになる。子が親を思う気持ちは、純粋《じゅんすい》だわ。けがれがなく、なによりも尊《とうと》い。」

ゆうのひとみは、深い海のようにかがやきました。

「親孝行は、大切《たいせつ》な人の道だ。自分《じぶん》の行《おこな》いはめぐりめぐっていつかは自分《じぶん》に返ってくる。親を大切《たいせつ》にできない子は、親になった時、子に大切《たいせつ》にされない。この世を愛情《あいじょう》であふれさせたいなら、親孝行ができる子をそだてることだ。」

たけしは、まるで自分《じぶん》にいいきかせるようにいいました。

ここで、まりなちゃんの心《こころ》の中をのぞいてみましょう。

お父《とう》さんに携帯電話《けいたいでんわ》を反対され、オニとエンジェルの言い合いがつづいていました。始めのうちは、エンジェルが勝っていたのですが、エンジェルが夏ばてをして、

「少しだけお昼寝《ね》をしましょ。」

といって、ベッドにはいった時、オニがとつぜん大きくふくらみだしたのです。裁判官《さいばんかん》は一瞬《いっしゅん》おどろいて、

「オニ君、その考えはあまいぞ。」

と注意をしたのですが、オニのいきおいに勝てませんでした。エンジェルをおこしても無理《むり》。完全《かんぜん》に熟睡《じゅくすい》していたのです。

その時、まりなちゃんは、かべにらくがきをしたのです。たけしは、裁判官《さいばんかん》に忠告《ちゅうこく》をしました。

「まりなちゃんがおきている時は、エンジェルに休み時間をあたえないこと。それが裁判官《さいばんかん》としてのつとめだ。」

「それはなぜですか？　ねむかったら、ねむらせてあげてもいいのでは？」

裁判官《さいばんかん》がふしぎそうにたずねました。

「まだわからないのか？　今回のまちがいの原因《げんいん》はそこにある。エンジェルがいなくなった時、人間《にんげん》たちの行動は想像《そうぞう》を絶《ぜっ》する。本人も予想《よそう》できないような行動を起こす。だから、そうならないよう、人間《にんげん》たちが起きている間エンジェルは起きて働《はたら》いていること。決してねむくならないよう、人がねむっている時、エンジェルもいっしょに熟睡《じゅくすい》することが大切《たいせつ》なんだ。よくおぼ

えておきなさい！」

「へぃ、わかりました。」

裁判官《さいばんかん》の返事が心《こころ》にひびきわたりました。

「裁判官《さいばんかん》の中には、経験《けいけん》が浅《あさ》いやつがいる。性格《せいかく》は悪くないのだが、経験《けいけん》がないために、今回のような失敗《しっぱい》をやらかす。よし、いろんなところへ出張《しゅっちょう》させて学ばせよう。」

たけしは、裁判官《さいばんかん》たちを集め、研修《けんしゅう》をさせることにしました。講師《こうし》は、もちろん、かみさまのあいぼうの天使です。

12 裁判官《さいばんかん》集まれ！

ボーン、ボーン、エッちゃんの家のハト時計がなりました。音は最高《さいこう》の12回。

「よし、時間だ。」

たけしは家のドアをそっとあけると、いつもの公園へ急ぎました。

なぜ、そっとあけたかって？　みんなを起こさないためです。ゆうも疲《つか》れているようだったので、起こすのはやめました。

公園までは目をつぶってたって行けます。たけしのいこいの空間だったのです。自然がいっぱいあって、心《こころ》を開放的《かいほうてき》にしてくれました。なかでも、杉林《すぎばやし》の中のイチョウのきりかぶが好《す》きでした。そこにすわると、ものおもいにふけることができたのです。

でも、こんな真夜中《まよなか》にわざわざ行かなくたっていいでしょう？　その通り。今日《きょう》は別《べつ》の用事があってきたのです。

「地球《ちきゅう》上の裁判官《さいばんかん》よ、集まれ！」

たけしがいさましい声でさけぶと、その声は光よりも早い速度《そくど》で地球《ちきゅう》を一周しました。何十秒かすると、ひげをつけた裁判官《さいばんかん》たちが、

「何ごとだろう？」

と、首をひねりやってきました。あとからあとからやってきて、その数、およそ、60億《おく》5000。たけしを見ると、みな、ふかぶかと土下座《どげざ》をして、

「へへーっ、救《すく》いのかみさま、何でございましょう？」

といいました。

「みんな、頭をあげてくれ！　君たちの大切《たいせつ》なひげがよごれてしまう。それに、ぼくが救《すく》いのかみさまだって？　いったい、どうしたというのだ？」

たけしは目を丸《まる》くしていいました。

「あなたのことは、エンジェルたちから聞いて、みな知っております。この地球《ちきゅう》上に、針《はり》の刀《かたな》をさした救世主《きゅうせいしゅ》があらわれたって、評判《ひょうばん》になっております。『好《す》き嫌《きら》いなしなしダンス』は、ゆかいでございました。偏食《へんしょく》オニたちはみな気絶《きぜつ》し、そのおかげで、人間《にんげん》たちは好《す》き嫌《きら》いがなくなって何でも食べられるようになりました。命《いのち》の恩人《おんじん》です。そこで、ぼくたちの間では、あなた

を『救《すく》いのかみさま』とお呼《よ》びしているわけです。あれ以来《いらい》、エンジェルたちも元気です。やはり基本は食事。食べないと、よい考えも生まれませんからね。オニたちがふくらもうとすると、負けずに意見を言ってふくらんでいます。エンジェルたちは、ほんとうに強くなった。いくらお礼《れい》を言っても足《た》りないくらいです。今日《きょう》のことを伝《つた》えると、よろしくと申《もう》しておりました。」

60億《おく》5000の代表の裁判官《さいばんかん》が、目をほそめていいました。かみは、ロマンスグレー。金色に光るひげ。鼻筋《はなすじ》のとおった顔だちは、何とも魅力的《みりょくてき》で、映画のアクションスターをおもわせました。その上、気品《きひん》があり、遠くからでも裁判官《さいばんかん》の代表としての威厳《いげん》がかんじられました。たけしは心《こころ》の中で、

「すてきだな！　ゆったりとした笑顔《えがお》。あたたかな言葉。この人の周《まわ》りは、空気も澄《す》んでいる。さすがに、裁判長《さいばんちょう》のかんろくだ。いわなくたって、後光《ごこう》がさしている。」

と思いました。

「てれるなあ。救《すく》いのかみさまなんて、がらでもない。たけしってよんでくれ！」

たけしは、頭に手をあてていいました。

「それでは、誠《まこと》に失礼《しつれい》ですが、たけしさま、何でございましょう？」

裁判長《さいばんちょう》は、いいにくそうに、たけしを名前《なまえ》で呼《よ》びました。

「あのね、さまなんていらないよ。たけしでいい。今日《きょう》の用件《ようけん》とは、こうだ。」

たけしは、きのうあったこと、まりなちゃんの心《こころ》にいた若《わか》い裁判官《さいばんかん》のことを話しました。

「…。よって、裁判官《さいばんかん》たちの研修会《けんしゅうかい》をひらくことにした。」

その時、一人《ひとり》の黒いひげの若《わか》い裁判官《さいばんかん》が手をあげて、

「まりなちゃんの心《こころ》にいたのは、わたくしです。ご迷惑《めいわく》をおかけしました。」

と、前にすすみでました。裁判官《さいばんかん》が頭をさげた時、たけしは、

「とんでもない。君のおかげで、今日《きょう》の研修《けんしゅう》が企画《きかく》されたんだ。こちらこそ、感謝《かんしゃ》している。君を例《れい》にだしてこちらこそ悪かった。」

と、頭をさげました。

「われらのかみさまが、頭をさげないでください。」

みどりのひげの裁判官《さいばんかん》がさけびました。若葉《わかば》のようにつやつやしたひげでした。

裁判官《さいばんかん》たちは、イチョウの木のきりかぶに整列《せいれつ》してすわっていました。直径《ちょっけい》三メートルほどもあるので、60億《おく》5000いたって、ゆったりすきすきです。背丈《せたけ》は1ミリの1000分の1、ミクロンの世界でしたからね。

ざっと計算してみましょう。1ミリで1000人とすると、1センチで1万人、1メートルで100万人になります。3メートルですから300万人すわれる計算になります。なお、これは直線にすわれる人数なので、二乗《じじょう》します。すると、三メートル四方《しほう》にすわることができる人数がでます。300万かける300万は、9兆《ちょう》となります。ねっ、すごい数でしょう？　というわけで、ゆったりとすわれたのです。

空の上では、三日月《みかづき》がじっと目をこらしていました。人間《にんげん》たちにミクロンの世界は見えませんでしたが、三日月《みかづき》にはしっかりと見えました。人間《にんげん》たちのほくろの数や、まめまきにつかう豆の数や、テストの点数だって、正確に数えたり見ることができました。

「あれあれ、たけしが、こんな真夜中《まよなか》に裁判官《さいばんかん》たちを集めて、一体何《いったい》をしておるのだ？　しかし、裁判官《さいばんかん》たちのひげの色は、ユニークだな。金に銀に、赤青きいろ、それと緑と黒の七色だ。何か意味があるのだろうか？」

三日月《みかづき》は不思議《ふしぎ》に思いました。しかし、片目《かため》なのでよく見えません。

「あーあ、満月の時だったら、もっとよく見えたのに。」

と、がっくりとかたを落としていいました。でも、次の瞬間《しゅんかん》に、

「目がだめなら、そうだ！　この手があった。よし、耳に集中しよう！」

と、声をはずませました。三日月《みかづき》は、好奇心《こうきしん》がおうせいだったのです。

イヤホーンをとりだすと、地球《ちきゅう》の音をひろいました。集中すると、耳に、たけしの声がひびいてきました。

「さて、さっそく、研修《けんしゅう》にはいろう。1回目として、じつは、今日《きょう》、講師《こうし》の先生をお招《まね》きしています。どうぞ、この方です。」

と、紹介《しょうかい》されると何者かが、空をパタパタととんできました。

とんできたのは、キュートな天使でした。たけしのかたに着地すると、60億《おく》5000の拍手《はくしゅ》の音が、ひびきわたりました。サクラの木でねむっていたセミの家族や、巣の中でやすんでいたアリたちは、おどろいて目をさましました。

「ハロー！　あたしはパフィー。地球《ちきゅう》で、『何でもひきうけ株式会社《かぶしきがいしゃ》』をやってるの。たけしに裁判官《さいばんかん》の講師《こうし》をたのまれて、地球《ちきゅう》のうらがわからやってきたわ。株式会社《かぶしきがいしゃ》でも、講師料《こうしりょう》はいっさいとらない。何時間でもただよ。ただし、かわりにいただくのはある言葉。その言葉があると、あたしの体にパワーがあふれでて年が一つだけ若《わか》くなるの。」

パフィーのはだは、まるで生まれたての赤ちゃんのようにはりがありました。

「若返《わか》りの言葉。いわゆる、魔法《まほう》の言葉ですな。失礼《しつれい》ですが、何ていう言葉ですか?」

裁判長《さいばんちょう》がたずねました。

「ごめんなさい。その言葉は言えないの。自然に、その人の口からもれた時に効力《こうりょく》を発するの。言葉を知ってたら、そう思ってないのに、使う場合があるでしょう? 同じ発音の言葉でも、それは何の意味もない言葉になってしまう。」

「失礼《しつれい》をいたしました。あさはかな質問をしてしまいました。全《まった》くその通りでございますね。」

裁判長《さいばんちょう》がはずかしそうに笑《わら》いました。

「あのね、お金なんてあってもつかいきれない。わたしに必要《ひつよう》なのは未来の時間。若《わか》くなれるって最高《さいこう》のプレゼントでしょ。だから、たけしにも今日《きょう》はただっていってある。」

パフィーが明るくいうと、たけしは、

「サンキュー、とってもうれしかったさ。何しろ、ぼくはお金を持ってない。ほっとしたっていうのが、せいかくな表現《ひょうげん》かな? 君の講演《こうえん》を聞いた後、裁判官《さいばんかん》たちが例の言葉を発するように祈《いの》ってる。ぼくだって、その言葉の正体《しょうたい》を知らないんだからね。」

といいました。

「だれも知らなくていいの。もし、その言葉がでなくっても、料金はいただかないわ。それは、わたしの修行《しゅぎょう》不足。プロとしての修行《しゅぎょう》が足《た》りないってことだから、よけいにお金なんてもらえない。もっと勉強して腕《うで》をみがかなくっちゃ。わたしったら、始める前に話しすぎちゃったわ。あーあ、これも、修行《しゅぎょう》が足《た》りない証拠《しょうこ》ね。」

パフィーがぺろっと舌《した》をだしていいました。

頭にはダイヤの王冠《おうかん》をかぶり、サファイアのネックレスとサイコロ型《がた》のイヤリングをつけていました。ドレスとくつは、おそろいのひまわり色です。よく見ると、せなかにとうめいな羽《はね》がありました。手には、ふつりあいなまきものをもっています。

パフィーは、みんなをみまわしてにっこりすると、しずかに頭をさげました。

「ここは夏ほんばん。こんなに暑《あつ》いのに、地球《ちきゅう》の裏側《うらがわ》は冬です。さっきまで、セーターにマフラーをつけていました。同じ地球《ちきゅう》なのに、こんなに差があるなんて…。ふしぎですね。さて、脱《だっ》線《せん》ばかりつづきましたが、これより、ほんとうに始めさせていただきます。わたし、裁判官《さいばんかん》のみなさんに、何を話そうかとずいぶん迷《まよ》いました。ああでもない、こうでもないと…。でも、やっぱり大切《たいせつ》なのは基礎《きそ》。ですから、今日《きょう》は、『裁判官《さいばんかん》としての基本的な生き方』についてお話させていただくことにしました。長い話は時間の無駄《むだ》なので、簡潔《かんけつ》に五つにまとめてみました。これです。」

というと、パフィーは、まきものをひもときました。

ひとつ、善《よ》し悪《あ》しを判断《はんだん》する己《おのれ》の心《こころ》が、すみきっているように。
ふたつ、無理《むり》なことでもやればできると、人間《にんげん》たちにさとしましょう。
みっつ、涙《なみだ》をこぼして、自《みずか》らが弱音《よわね》をはいてはなりません。
よっつ、苦《くる》しくてもあきらめない人間《にんげん》に、生きる喜《よろこ》びをあたえましょう。
いつつ、いつでも宇宙《うちゅう》の平和を思い、心《こころ》に花の種《たね》をまきましょう。

パフィーは、この五箇条《ごかじょう》を読むと、

「これは、裁判官《さいばんかん》のあるべき姿《すがた》です。大切《たいせつ》なことばかりですから、いつでもとりだせるように心《こころ》の中に書いておいてください。」

といいました。われんばかりの拍手《はくしゅ》がわきました。そして感謝《かんしゃ》のことばがあちこちでまいました。

「すてきな言葉をありがとう。」

「ありがとう。裁判官《さいばんかん》として、この言葉を大切《たいせつ》に生きていきます。」

「孫《まご》の代まで伝《つた》えます。ありがとう。」

パフィーはうれしさで立っていられなくなって、耳を真《ま》っ赤《か》にすると、空にまいあがりました。

「みなさんありがとう。さようなら。」

というと、どこかへとんでいってしまいました。

パフィーがいちばんほしかった言葉は何だと思いますか？　そう、正解《せいかい》は『ありがとう』でした。心《こころ》の底《そこ》からわき上がるこの言葉をもらうと、年がひとつだけ若《わか》くなるのでした。パフィーは、たくさんのありがとうをもらい帰っていきました。ますます若返《わかがえ》ることでしょう。

パフィーは、忍者《にんじゃ》の助手《じょしゅ》もつとめていました。そう、あのまきものは、忍者《にんじゃ》からもらったものだったのです。

たけしは、最後《さいご》にいいました。

「心《こころ》の中の、オニとエンジェルが意見しながら楽しく生活できるように工夫《くふう》するのが、あなた方、裁判官《さいばんかん》の役目でもあります。人間《にんげん》がおきている時、エンジェルはオニをのこしたまま勝手にふらふらしたり、休んだりしないでほしいのです。エンジェルたちの中には、少しくらい大丈夫《だいじょうぶ》と思い軽薄《けいはく》な行動をおこす者もいます。そんな時は、すぐに注意をしてください。大惨事《だいさんじ》を未《み》然《ぜん》にふせぐことができるでしょう。また、オニは悪者だからと決めつけて、オニをおいださないでください。いなくなったらいなくなったで、人間《にんげん》のストレスはたまるので、ほどよく息抜《いきぬ》きができるよう、関係が保《たも》てるようアドバイスをあたえてください。これで研修会《けんしゅうかい》は終《お》わりです。」

時間にして10分でした。じつは、今夜、短時間でおわらせたのには理由があります。それは、人間《にんげん》の心《こころ》の中に裁判官《さいばんかん》がいなくなった時に、事件《じけん》や事故《じこ》が起こりやすいからでした。眠っていれば問題はないのですが、まれに起きている場合があります。というわけで、たけしは、はじめから10分ときめていたのです。

「いい裁判官《さいばんかん》のいる人間《にんげん》は、『人徳《じんとく》』があるようです。すてきな裁判官《さいばんかん》めざして、これからも修行《しゅぎょう》をつんでください。もし、次回、集まるとしたら、それは戦争《せんそう》が起こりそうになった時です。そのようなことにならないよう、みなさん、精一杯《せいいっぱい》つとめてください。」

たけしは、心《こころ》の中でつぶやきました。

13　心はつながっている

「ムニュムニュ、ありがとう。講師料《こうしりょう》、ほんとうにただでいいんだね。」

たけしがソファーでねごとをいいました。ゆうが、

「うふふっ、たけしったら、ねごとをいってる。講師《こうし》料《りょう》？　そうか、天使のパフィーにいってるのね。」

といって、ほほえみました。なぜ、知ってるのかっ

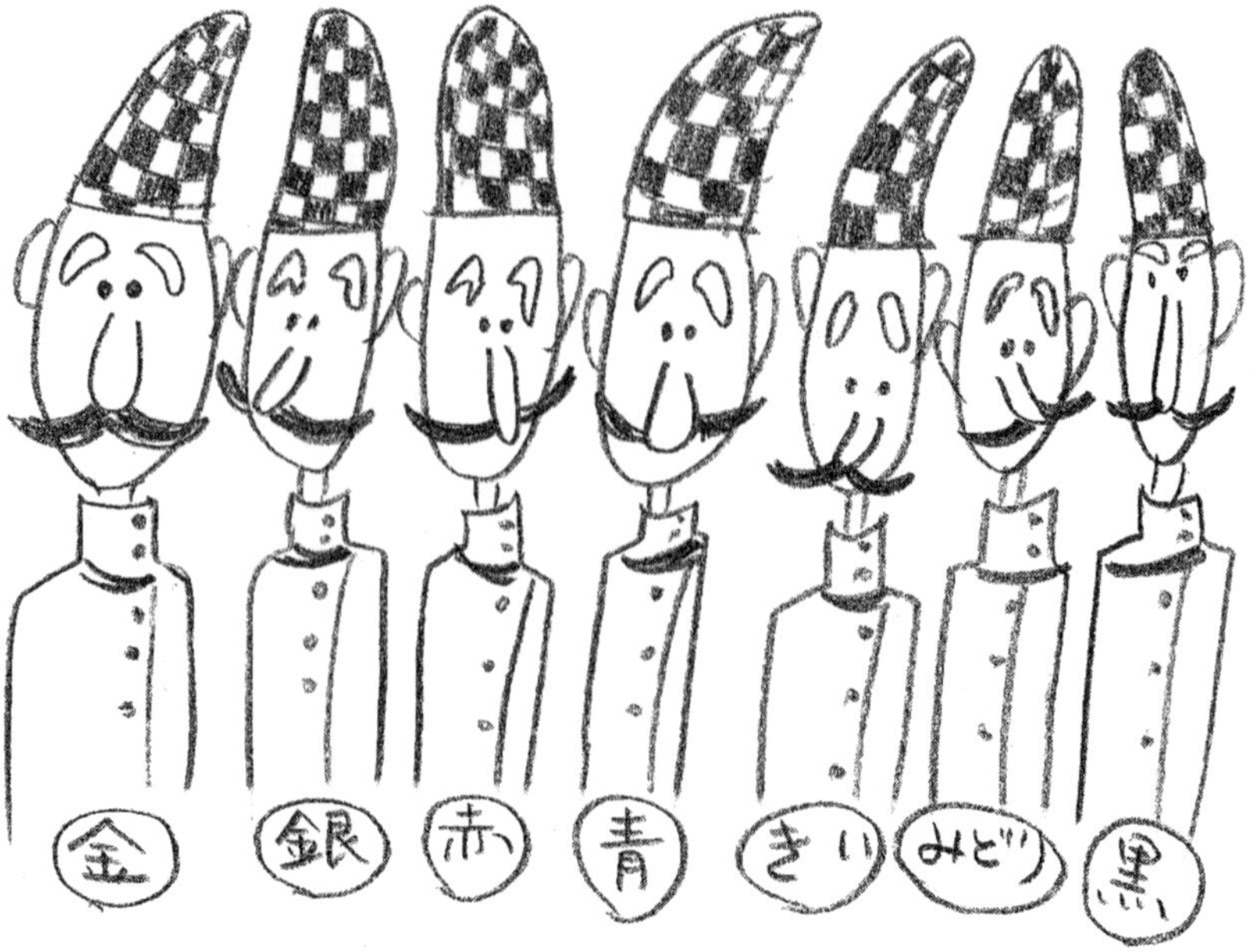

て？　ゆうは、きのうの晩《ばん》、たけしの後をこっそりつけたのです。全《すべ》てお見通しでした。

その時、エッちゃんの家のハト時計が10時をつげました。たけしは、その音で目がさめました。

「おはよう、たけし。昨日《きのう》はおつかれさま！　いいことをしたわね。」

ゆうの声がたけしの耳に届《とど》くと、たけしはドキリとしました。

「いいこと？　もしかして知ってるの？」

たけしがおそるおそるたずねると、ゆうは元気いっぱい、

「もちろん！　わたしとたけしは一心同体《いっしんどうたい》。知らないことなんて何もない。」

といいました。

「それならそうといってくれたらよかった。あの時、ゆうは公園にいたんだ。別《べつ》に、ひみつにするつもりなんてなかった。ただ、ゆうがあんまりぐっすりねていたものだから。それに、いつも一人《ひとり》で何もできないなんて、いやだったんだ。一人《ひとり》で勝負してみたかった。エンジェルを集めた時も、オニのボスをよびだした時も、ゆうがいて助けてくれた。今度もいっしょにと思ったが、その考えをふりきった。ぼくは、ゆうがいてくれたらって、何度も思ったさ。でも、いつまでも、それじゃ成長《せいちょう》しないって思った。昨日《きのう》は、たったひとりの挑戦《ちょうせん》だった。でも、実際《じっさい》には、ゆうがいたんだね。」

たけしは、がっくりと肩《かた》をおとしました。

「ごめん、きずつけちゃったみたい。でも、わたしはでるまくがなかった。いないとおんなじ。裁判官《さいばんかん》の研修《けんしゅう》を、たけし一人《ひとり》で立派《りっぱ》にやってのけたじゃない。すばらしいわ。だから、自信《じしん》をもって！」

ゆうがべんかいをしました。

「ありがとう。自信《じしん》をもつよ。だけど、へんだなあ。ぼくが帰ってきた時、ゆうは確《たし》かにねいきをたててねむってた。」

「それは、もちろん、え・ん・ぎ・よ。」

ゆうは、ごめんなさいというように、手をあわせていいました。

「そんなことしないで、はっきりいってくれたらよかった。」

「今、いってる。ほんとうはかくしておくつもりだったけれど、わたしの性分《しょうぶん》にあわなくってね。」

「そうか。」

たけしは、みょうに納得《なっとく》しました。

「ところで、あの時、裁判官《さいばんかん》たちのひげの色がちがうって気づいた?」

ゆうのひとみは、キラッとかがやきました。

「あのひげは、だれだって気づくよ。どはでな色ばかりで、びっくりさ。全部で7色だったかな?」

たけしは、首をかしげました。

「ふしぎに思わなかった?」

「どうやら、ふしぎに感じる余裕《よゆう》がなかったみたいだ。今、考えればふしぎな話だ。」

たけしは、きんちょうしていた自分《じぶん》に、たった今気がつきました。

「わたし、さっき調べたの。」

「裁判官《さいばんかん》のひげの色をかい? そんなこと、事典にはのってないだろう?」

「もちろんよ。でも、きっと何かあるってにらんだものだから、エッちゃんにおねがいして、

『魔女事典《まじょ》』をかしてもらったの。ぶあつい事典だけあって、ばっちりのってた。にがおえが、あんまりそっくりでおどろいたわ。これよ！」

というと、ゆうは、厚さが20センチほどある事典のページをあけて指さしました。

『心《こころ》の裁判官《さいばんかん》』のところには、こう書いてありました。『心《こころ》の中にすんでいる裁判官《さいばんかん》をさす。人間《にんげん》の心《こころ》の中には、オニとエンジェルが共存《きょうぞん》しており、ああでもないこうでもないと思考をめぐらせる。意志《いし》を決定するのが、裁判官《さいばんかん》の役目である。ミクロの世界なので、人間《にんげん》たちの目に見えない。裁判官《さいばんかん》たちは、基本的にひげをはやしている。体験《たいけん》を積《つ》み修行《しゅぎょう》すると、ひげの色が変化していく。その順は以下《いか》の通りである。いちばん高いひげの色は金で、順に銀、赤、青、黄《き》、みどり、黒と続《つづ》く。』

事典には、まるで白雪姫《しらゆきひめ》にでてくる7人のこびとのようにひげをはやした顔がならんでいました。ひげの色はもちろん、それぞれちがいます。

「裁判長《さいばんちょう》のひげは？」

たけしが思い出そうとしました。さけんだのはゆうでした。

「そうよ、金色だった。」

「まりなちゃんの心《こころ》にいた若者《わかもの》のひげは、たしか黒だった。そういえば、あまり体験《たいけん》がなさそうだった。ひげの色で、経験《けいけん》年数や修行《しゅぎょう》のほどがわかるなんておもしろい。」

たけしがいいました。

「ええ、全《すべ》ての裁判官《さいばんかん》のひげが金色にかがやく日がきたらすてきね。」

エッちゃんがほおをバラ色にそめていいました。

「エッちゃんたら、いつの間に！」

ゆうが目をぱちくりさせていうと、

「えへへっ、こんなに胸《むね》がときめく話を聞きのがすことできる？　ゆうが、魔女《まじょ》事典をかりにきた時、これは何かあるぞ？　ってピーンときたの。おかげで、ばっちり聞かせてもらった。」

「ぼくもです。」

ジンがテーブルの下から顔をだしました。

「あなたたち二人《ふたり》とも、立派《りっぱ》な秘密警官《ひみつけいかん》になれる。」

ゆうがあきれかえっていうと、たけしが目を丸《まる》くして、

「ゆうだって、二人《ふたり》に負けてない。昨日《きのう》は、かんぺきな秘密警官《ひみつけいかん》だったじゃないか。しかし、この家の住人は、みんな興味津々《きょうみしんしん》。かくしてても、次の日にはすぐに知れわたる。おそろしいことだ。」

といいました。

「たけし、おそろしいなんていわないで。あたしたちはただ…。」

エッちゃんが口ごもりました。

「ごめん！　きのうのことは、エッちゃんとジン君にはきちんと伝《つた》えるつもりだった。ぼくたちの間にひみつは不要《ふよう》。さっきのは軽い冗談《じょうだん》さ。」

たけしが大きなからだをぺこんと曲《ま》げていいました。

「いいのよ。あたしたちも、聞き方が悪かった。堂々《どうどう》と入っていけばよかったの。それより、二人《ふたり》ともお茶の時間よ。といっても、たけしは朝食だけどね。明太子《めんたいこ》入りおにぎり、よかったら食べて。」

エッちゃんの手には、湯気《ゆげ》をたてたおにぎりが三つのっていました。のりの香《かお》りが部屋《へや》に広が

ると、たけしのおなかのむしがなりました。

「ワーイ！　ぼくは、からいものが大好《す》きなんだ。」

　テレビをつけると、ショッキングなニュースが流れました。からかわれた女の子が、友だちを刺《さ》したというのです。刺《さ》された友だちは、重症《じゅうしょう》とのことでした。刺《さ》した女の子は、「友だちに『頭が悪い』といわれ、かっとして刺《さ》した。以前《いぜん》から、いやみをいわれていたのでいつか、しかえしをしたかった。」

といいました。

「悲しい事件《じけん》ね。」

エッちゃんが、目をおおっていいました。

「ああ、言葉にならない。でも、女の子が殺意《さつい》をもつまでに、さまざまなかっとうがあったはずだ。心《こころ》では、何度も何度も、オニとエンジェルの話し合いがなされたと思う。そうだ！　聞いてみよう。ゆうたのむ。」

「おやすいごよう。」

というと、ゆうはうちでのこづちを手にし、たけしの耳もとでカランコロンとならしました。

「テレビに入れ！」

というと、たけしが消えました。どこへいったのでしょう？そうです。画面に映《うつ》っていた女の子の心《こころ》にとびこんだのです。たけしは、瞬間移動《しゅんかんいどう》に成功《せいこう》しました。

　ここで、女の子の声を聞いてみましょう。青オニがぷりぷりして、

『あいつ、うぜえよ。いつかしかえしをしてやる。』

と、本能《ほんのう》をむきだしにしていいました。すると、エンジェルはあわてて、

『しかえしなんてよくない。相手《あいて》を傷《きず》つけてどうなるの？』

と反対しました。すると、オニがまた、

『一度じゃない。いわれ続《つづ》けて一年にもなるんだ。おとなしいからってほどがある。殺《ころ》してやる。』

といいました。エンジェルが青い顔をして、『何度いったらわかるの？　人の命《いのち》をうばうなんて、絶対《ぜったい》にしてはいけない。言葉で自分《じぶん》の気持ちをストレートに表現《ひょうげん》しなさい。』とさけびました。

『言葉で、いくらいってもわからないから殺《ころ》すんだ。いじめを受けている側の気持ちにたってみろよ。』」

これをみていた裁判官《さいばんかん》は、頭をかかえて、

『君たちはけんかばかり。毎日《まいにち》このくりかえしで、ぼくはノイローゼになりそうだ。もう勝手にしなさい。』

と、泣《な》きさけびました。

そのしゅん間、女の子が刺《さ》したのです。原因《げんいん》は、裁判官《さいばんかん》の発した言葉でした。修行《しゅぎょう》がたりなかったのです。あの時、裁判官《さいばんかん》が、広い心《こころ》でオニの言動《げんどう》をおしとどめていたら、こんな事件《じけん》にはならなかったでしょう。

パフィーが示《しめ》した、『裁判官《さいばんかん》としてのあるべき姿《すがた》』、五箇条《ごかじょう》の中の三つ目がやぶられたのです。

みっつめとはこうでした。『涙《なみだ》をこぼして、自《みずか》らが弱音《よわね》をはいてはなりません。』

裁判官《さいばんかん》のひげの色は、そうです。まっくろけのけっけ、黒でした。

反対に、刺《さ》された女の子の心《こころ》の中をのぞいてみましょう。赤オニがぷかぷかとタバコをふか

して、

『いじめるのはなんて気持ちがいいものか。相手《あいて》が困《こま》ったり苦《くる》しんでいる姿《すがた》を見ると、天にものぼる気持ちになる。』

といいました。すると、エンジェルが、

『あなたは気が狂《くる》ってる。相手《あいて》を苦《くる》しめて、何がそんなにおもしろいの？』

とたずねました。オニが答えます。

『わけなんてないさ。おもしろいから、いじめる。ただ、それだけさ。』

『自分《じぶん》より強い人をいじめないで、ターゲットは弱い人ばかり。あなたはむしけらよりひどい。』

エンジェルは、目をほそめました。

『ひどくたっていい。いじめるのが快感《かいかん》だっていってるだろう？』

オニは、エンジェルのいうことを聞こうともしません。裁判官《さいばんかん》はどうかというと、結局《けっきょく》はオニのいいなりになっていました。というわけで、女の子はずっといじめを続《つづ》けていました。

　さされた時、赤オニがナスのような顔をして、

「まさか、こんなことになるなんて。」

と悲しそうにいいました。すると、エンジェルが、

『だから、あんなに、いじめをやめるよういったのに…。でも、もうとりかえしがつかないわ。』

といいました。裁判官《さいばんかん》が弱々《よわよわ》しい声でいいました。

『いしきがだんだん遠のいていく。』

この裁判官《さいばんかん》のひげの色も黒でした。

たけしが、エッちゃんのリビングにあらわれたのは、五分後でした。

「しかじか…。」

三人に、今、聞いたことを話しました。

「きのうの晩《ばん》の研修会《けんしゅうかい》は、いったいどうなっているんだろう?」

たけしが残念《ざんねん》そうに首をかしげました。

　すると、どうでしょう。金色のひげをつけた裁判長《さいばんちょう》があらわれていいました。

「すみません。あの二人《ふたり》は、昨日《きのう》の研修会《けんしゅうかい》に参加しておりません。さっき、理由を聞いたら、二人《ふたり》とものけんかのまっさい中で、心《こころ》からぬけだせなかったと申《もう》しておりました。あの二人《ふたり》には、しっかりと指導《しどう》いたします。今後このようなことがおこらないよう、気をひきしめます。」

「そうだったのか。それで、失敗《しっぱい》してしまったんだな。現世《げんせ》は、ものが豊《ゆた》かになった分だけ心《こころ》がまずしくなった。それだけ、生きにくくなったということだ。たいへんだけど、たのむぞ。今回のようないじめをほうっておくと、まちがいなく戦争《せんそう》になるからね。」

たけしがいいました。

「例《れい》の五箇条《ごかじょう》を、心《こころ》にはりがんばります。」

裁判長《さいばんちょう》がはりきっていいました。

「裁判官《さいばんかん》たちのひげが、みな、あなたのように美しいかがやきをもつ金色になれば、戦争《せんそう》はおこらない。あなたひとりが行うのではなく、一人《ひとり》ひとりが責任《せきにん》を持ち、自分《じぶん》の仕事をしっかりとこなせば、『世界平和』の実現《じつげん》ができる。そんな日が絶対《ぜったい》にくる! あたし、信《しん》じてる。」

エッちゃんが力強くいいました。

「ありがとうございます。信《しん》じてくださることこそ、最高《さいこう》の応援歌《おうえんか》です。あなたが、魔女《まじょ》のエッちゃんですね。うわさに聞いておりました。お初《はつ》にお目にかかりますが、あなた様の心《こころ》の裁判《さいばん》官《かん》とは、以前《いぜん》から友だちです。どうぞよろしく。」

裁判官《さいばんかん》は、目じりをさげていいました。

「どうりで、初対面《しょたいめん》に思えなかった。でも顔は初《はじ》めてでも、心同士《こころどうし》が友だちなんて、ふしぎな気分だわ。」

エッちゃんがいいました。

「世界はひとつっていうでしょう？　じつは、意識《いしき》のないところで、みんなつながっているのです。無意識《むいしき》の世界では出会う前から、とっくにわかりあっています。知らないのは顔形《かおかたち》だけ。だって、わたしたち裁判官《さいばんかん》は老若男女《ろうにゃくなんにょ》いるけれど、すでにみな友だちです。」

「そうか！　初対面《しょたいめん》の人でも、心同士《こころどうし》は顔合わせしてたんだ。無意識《むいしき》の世界で、世界の人々《ひとびと》とつながってる。」

エッちゃんの言葉に、ジンが続《つづ》けました。

「無意識《むいしき》か…。だとすると、ねむっている時は、手をつないでるってことになる。みんな安らかにねむっていれば、世界はあんたい。平和の花がさきみだれる。でも、いつもねむっているわけにはいかない。」

「そうね、人間《にんげん》はねむってばかりはいられない。意識《いしき》のスイッチが入った時、平和をくずす歯車が、勝手にうごき出すってことね。平和のじゃまするその歯車っていったい何だろう？」

ゆうがつぶやきました。

「それは人類《じんるい》のいちばん大きな問題だ。何だろうな？」

たけしが首をひねりました。

「ぼくは、目に見えない人間《にんげん》のプライドだと思う。」

ジンがいいました。

「プライド?」

ゆうがくり返しました。

「ああそうさ、プライドさ。プライドっていうのは、誇《ほこ》りとか、自尊心《じそんしん》をさす。つまり、自《みずか》ら高ぶることだ。朝、目がさめた時、自分《じぶん》にスイッチが入る。たけしとして、ゆうとして、医者、先生、サッカー選手《せんしゅ》…として自分《じぶん》を自重《じちょう》して保《たも》ちたいという気持ちがプライドだ。ほどほどのプライドは向上心《こうじょうしん》があっていいが、高すぎると争《あらそ》いの原因《げんいん》になる。」

ジンが説明《せつめい》をくわえました。すると、裁判長《さいばんちょう》がおどろいて、

「ジン君の頭のきれは、ネコ族《ぞく》の未来を変えるだろう。」

といいました。

「ありがとうございます。光栄《こうえい》です。さっきの続《つづ》きだけど、もめごとがおきそうになった時、どちらかがプライドをすてたら、あらそいはおこらない。たとえ言葉がちがっても、顔の色・形がちがっても、生活習慣《しゅうかん》がちがっても、はじめから心《こころ》はつながっている。すでに友だちなんだ。世界はひとつ。わかりあえるはずなんだよ。お互《たが》いに、プライドという歯車さえ、しっかりととめていればね。」

「とつぜんでわるいが、プライドのかんし役もおねがいしていいかな?」

たけしがいいました。

「はい、しょうちいたしました。プライドの歯車が、勝手に動きまわらないようかんしするのも、わたしたち、裁判官《さいばんかん》の仕事です。帰ったら、みんなに、伝《つた》えましょう。仕事は、多い方がいい。

生きているといった実感がふつふつとわきあがってきます。」

裁判長《さいばんちょう》がいいました。金のひげがキラキラと輝《かがや》き出しました。四人がまぶしさで目をほそめている時、とつぜん消《け》えました。

裁判長《さいばんちょう》がもらした「生きているといった実感」という言葉を聞いて、エッちゃんはこうふんしました。

「あたしの生きている実感て何だろう?」

ふと考えこんでしまいました。

14　うちでのこづちのひみつ

ゆうとたけしがエッちゃんの家にやってきて、一ヶ月がたとうとしていました。たけしは、毎日《まいにち》人間たちの心《こころ》の中に入って裁判官《さいばんかん》たちの声を聞いていました。

およそ200近くある国を順にたずね、自分《じぶん》の目で確《たし》かめていたのです。アラスカ、カナダ、ア

メリカ、メキシコ、コロンビア、ベネズエラ、エクアドル、ブラジル、ペルー、アルゼンチン…、というように、一日に十カ国ほどをまわり、約7000人の裁判官《さいばんかん》に会いました。

そんなかみわざができるのかって？　たけしには、サッチョンパッとできたのです。ひみつは、そう、ゆうのうちならすうちでのこづちでした。


ある日のこと、ゆうが、たけしの耳もとでうちでのこづちをカランコロンとならし、

「小さくなって、アフリカへとんでいけ！」

というと、たけしはミクロの大きさになり、アフリカにとんでいきました。瞬間移動《しゅんかんいどう》ができたのです。


ついた先はさばくのどまん中。足をついたらあちちっ！　額《ひたい》からは、あせがだらだらと流れ落ちました。でも、男をのせたらくだは、すずしげな顔でのんびりあるいていました。たけしは、

「まるでお日さまがふたつあるみたいだ。らくだは、やけどしないのかな？　よし、あの人にしよう。」

というと、らくだにのっている人の心《こころ》の中に入りました。心《こころ》の中では、オニが、

『ああ、のどがかわいた。ひとこぶらくだを殺《ころ》してこぶの中の水をのんでしまおう。』

といいました。すると、エンジェルは目を丸《まる》くして、

『子どもの時からいっしょのらくだを殺《ころ》してさびしくないの？』

といいました。オニが、

『あとのことなんて、どうだっていい！　今、のどがからからなんだ。』

といいました。その時、赤いろのひげの裁判官《さいばんかん》は、こうふんしているオニにむかって、

『いっしゅんの迷《まよ》いで殺《ころ》したら全《すべ》てを失《うしな》う。のどのかわきは、いやされるかもしれない。でも、明日《あした》からどうするんだ？　らくだは、さばくに住む人間たちにとって、欠《か》かせないあいぼうなんだ。大切《たいせつ》なことは、今どうしたいかではなく、未来をみすえた考えだ。』

と、しずかにいいました。すると、オニは、舌《した》をならしていいました。

『チェッ、わかったよ。殺《ころ》すのはやめることにする。オアシスめざして、もう少しがんばろう。』

赤ひげの裁判官《さいばんかん》は、たけしを見ると、

「た、たけしさん！　きてくださったんですか？　おあいできてうれしいです。」

といいました。あの晩《ばん》、研修会《けんしゅうかい》に出席していたので、たけしの顔を知っていたのです。たけしはさっきのふんとうぶりを見ていましたので、

「さっきの言葉はオニにてきめんだったな。あんなにこうふんしていたオニが、行いをあらためた。よく修行《しゅぎょう》している証拠《しょうこ》だ。君はすばらしい裁判官《さいばんかん》だ！　これからもたのむよ。」

と、ほめたたえました。

「がんばります。」

というと、裁判官《さいばんかん》のひげの色が銀色になりました。でも、かがみがないので、自分《じぶん》では気がつきません。

「あと少しで金色だ！」

たけしは心《こころ》の中で手をたたき、顔をくしゃくしゃにして、次の目的地へといきました。

一日のパトロールを終《お》えると、ゆうはうちでのこずちを持ち、アフリカの方に向《む》かって立ちました。カランコロンとならして、

「もどってこい！」

といううと、たちまちエッちゃんの家にもどってきました。そう、うちでのこづちを持つゆうのそばでした。

ゆうは、パトロールをしている間、たけしの身に危険《きけん》がおこらないかを監視《かんし》カメラでみていました。何かあったら、体を大きくしたり、瞬間移動《しゅんかんいどう》したりして助けようと思っていたのです。心配で、トイレに行くひまもありません。

しかし、日本とアフリカ、海をこえはるかかなたにいるたけしを、どうして見ることができたのでしょう？　じつは、たけしの体には、超薄型《ちょううすがた》カメラが取り付けてあったのです。つけたのは、もちろんゆうです。たけしは全《まった》く知りませんでした。かくしていたのは、あふれかえる妻《つま》の愛情《あいじょう》というものでしょう。

うちでのこづちをカランコロンとならし、

「たけし専用《せんよう》の超薄型《ちょううすがた》カメラでてこい！」

というと、目の前に性能《せいのう》のいいカメラがあらわれました。それは、アリほどの大きさでした。しかも、洋服の色にあわせて変化するので、目のいいたけしにも見つからなかったのです。

うちでのこづちはスーパーマン。体の大きさをかえたり、変装《へんそう》したり、地球《ちきゅう》の裏側《うらがわ》までいったりする他《ほか》に、ほしい物をだすこともかんたんにやってのけました。宝石商《ほうせきしょう》が目を細めるほど価値《かち》の高い宝石《ほうせき》や、スーツケースいっぱいの札束《さつたば》だって、その場にポン！　とだすことができたのです。

そう、これひとつあったら、天下の億《おく》万長者だって夢《ゆめ》じゃない。働《はたら》かなくたって、一生暮《く》らせます。お金がなくなったら、ただ、うちでのこづちをカランコロンならし、

「お金でてこい！」

と、ふりつづけていればいいのです。でも、ゆうは、そんなことにつかいませんでした。生活に必要《ひつよう》なものがなくなった時や、困《こま》った時、今回のように、たけしの身を案《あん》ずる時だけにつかっていました。

ひと昔前《むかし》のことです。このひみつを知った二人組《ふたりぐみ》の悪党が、うちでのこづちをぬすみました。星の見えないまっくらな晩《ばん》のことでした。子分がいひひっと笑《わら》って、

「親分、これならだれにも見つからない。人っ子ひとり、いや、星の子一人《ひとり》いない。しかしなぁ、一晩《ばん》のうちに大金もちか。ゆめみたいだ。」

というと、親分もにやにやして、

「ああ、この仕事とも、今晩《こんばん》でおさらばだ。そう思うと悲しいな。」

といいました。昼間の空き地とはうってかわって、それは静《しず》かな空気が流れていました。親分はうちでのこづちをもって、

「この世の財宝《ざいほう》全部でてこい！」

といいました。するとどうでしょう。財宝《ざいほう》にかわって、ニシキヘビやスズメバチやアシナガグモが、ニュルニュル、ブンブン、シュルシュルと不気味な音をたてとびだしてきました。

「こんちくしょう。ふざけるな！　こんな財宝《ざいほう》見たことない。」

「殺《ころ》してやる。」

といっておこったら、ニシキヘビは二人《ふたり》の悪党の首をしめました。もがき苦《くる》しんでいるところへ、何万匹《なんまんびき》のスズメバチが体の周《まわ》りをぶんぶんとんで、まぶたやほっぺやおなかなど全身くまなくさしました。これはたまりません。手足をばたばたさせていると、今度はクモこうげきで

す。なんと、耳の中へ入り巣をつくりはじめたのです。

「み、耳がガサゴソする！」

二人《ふたり》の悪党は、気がくるったように木のまわりを駆《か》け回りました。まるでおにごっこでもしているようです。

何度まわっても、ニシキヘビとスズメバチとアシナガグモは、悪党の体からはなれません。次第《しだい》に、悪党は苦《くる》しくなってきました。123周した時です。悪党は、

「このうちでのこづちは、魔物《まもの》だ！」

といって、空に向《む》かってなげました。その時うちでのこづちは、ゆうの手にしっかりとキャッチされました。ゆうは、

「あれっ、もどってきたわ。あれほどさがしてもみつからなかったのに？」

と、ふしぎに思いました。

どうやら、うちでのこづちには、いい人と悪い人をみわける力がそなわっていたようです。心《こころ》の悪い人がつかうと、ヘビやハチやクモなどがでてきてあばれました。

うちでのこづちの中に、あふれるほどの虫が入っているのかって？　いえいえ、ちがいます。中に入っていたのは、『夢《ゆめ》』や『希望《きぼう》』や『愛《あい》』、『過去《かこ》』『未来《みらい》』でした。五次元空間がひろがっていたのです。

五次元空間なんて、耳なれない言葉でしょう。それもそのはず、地球《ちきゅう》では、ここにしか存在《そんざい》しない空間だったのです。ここのとは、もちろん、うちでのこづちをさします。

この空間では、『願《ねが》い事がかなう』しくみになっていたのです。うちでのこづちがまかふしぎなのは、そのゆえんにありました。どんなに説明《せつめい》しても説明《せつめい》のしようがない。それが五次元空

間でした。

でも、だからといって、全《すべ》ての人の願《ねが》いをかなえたのではありません。うちでのこづちにも、かけがいのない意志《いし》があったのです。まず、使用する主人の心《こころ》が澄《す》んでいるか、次に、使用目的が愛《あい》にあふれているかを判断《はんだん》します。その結果《けっか》により、ねがいをかなえるかどうかを決めました。悪いことを考えている者にはばつをあたえ、正直《しょうじき》にいきるよう反省《はんせい》させました。悪党が一度つかっただけで虫けらがあらわれたのはそのためです。

ゆうがいくらつかっても、ヘビやハチは一度もでてきませんでした。


たけしは、今までに、どれだけの裁判官《さいばんかん》に会ったでしょうか。どの裁判官《さいばんかん》も、自分《じぶん》のつとめをしっかりとはたしていました。

20日がすぎたころ、世界一周のパトロールが終《お》わりました。

「ごくろうさま！　君のおかげで、ご主人は本好《ほんず》きになった。これからもよろしく。」

「すごい！　君のおかげで、ご主人ははたらき者になったよ。ありがとう。」

「さすがだ！　赤オニへ『その考えはあまい』って、はっきりといってくれたおかげで、ご主人は兄弟《きょうだい》のめんどうをみるようになった。」

たけしは、常《つね》に感謝《かんしゃ》の心《こころ》をわすれず、心《こころ》からほめたたえました。

裁判官《さいばんかん》たちは、ほめられるとうれしくなって、また、つとめをがんばりました。たけしは、ますます裁判官《さいばんかん》たちをほめました。すると、裁判官《さいばんかん》たちのひげの色は、ひとつずつ上がりみな金に近くなりました。たけしは、裁判長《さいばんちょう》をよぶと感心していいました。

「君の指導《しどう》はじつにすばらしいな。いろいろな国の人間たちの心《こころ》に入りパトロールしてきたが、裁判官《さいばんかん》たちは、みないっしょうけんめいにつとめをはたしていた。君たちは、人間たちの『かけがいのない意志《いし》』だ。意志《いし》が正しく機能《きのう》することで、住み良い町となり、やすらかな国ができる。おかげで、世界平和も実現《じつげん》まぢかだ。」

「ありがとうございます。おほめにあずかり光栄《こうえい》でございます。」

裁判長《さいばんちょう》はうっとりして頭を下げました。

「とつぜんだが、君に未来の人間界《にんげんかい》をまかせる。おさらばだ。」

というと、たけしはとつぜん消えました。裁判長《さいばんちょう》はあわてふためいて、

「まってください。もう少しわたくしたちを見守っていてください！」

といいましたが、もどってきませんでした。

「全力でつとめさせていただきます。」

とつぶやくと、しばらくの間、たちつくしていました。


　さて、ここは、エッちゃんの家。

「これで、ぼくのつとめはなくなった。人間たちは意志《いし》が強くなったので、戦争《せんそう》はおこらないだろう。」

たけしが、晴れ晴れとした顔でいいました。すると、ゆうが笑顔《えがお》で、

「ええ、オニはいなくなった。」

と、うなずきました。

「たけし、人間界《にんげんかい》のオニたいじごくろうさま。ゆうから聞いたわ。」

エッちゃんが、顔をくしゃくしゃにしていいました。

「だけど、考えてみたら、全《すべ》てはうちでのこづちのおかげだ。これがなかったら、ぼくは何もできなかった。」

たけしは、うちちでのこづちを手にしていいました。

「青オニから、もらった宝物《たからもの》ね。」

エッちゃんがいうと、たけしはしんみょうな顔をして、

「もう返そうかと思うんだ。」

といいました。

「えっ、返す?」

ゆうとエッちゃんは、おどろきのあまり、同時に声を発しました。

「うちでのこづちは、青オニのかたみ。いくらもらったからって、やっぱり納得《なっとく》がいかない。ぼくのものではないんだもの。青オニにとって、忘《わす》れられない母《かあ》さんの思い出がつまってる。もらっておくわけにはいかない。それに…。」

たけしは、言葉をとめました。

「どうしたの?」

エッちゃんがたずねました。

「せっかく縁《えん》があり、現世《げんせ》に生まれたんだ。二度目の人生《じんせい》を、自分《じぶん》の力だけできり開いて生活してみたい。そりゃあ、不安はあるさ。今まで、困《こま》った時にはたよってたからね。でも、そんな生活がいやになってきたんだ。これがなくちゃ何もできないなんて、悲しいじゃないか。うちでのこづちにたよらず、生きてみたい。ぼくは、自分《じぶん》の力をためしてみたいんだ。」

たけしの瞳《ひとみ》は澄《す》んでいました。その時、エッちゃんは大きくうなずいていました。

「たけしの考えって、なんだかあたしににている。魔女《まじょ》のくせに、あまり魔法《まほう》をつかわなくなったもの。」

と、思いました。

「もし、また人間界《にんげんかい》にオニがでてきたら、どうするの?」

ゆうが、心配そうにたずねました。

「ぼくは、全《すべ》てを裁判長《さいばんちょう》にまかした。彼《かれ》を信《しん》じるよ。もし、まちがってオニがでてきたとしても、良心《りょうしん》を持つ人間たちが、話し合いでオニたいじするだろう。だって、金色のひげの裁判官《さいばんかん》が、そうとうに増《ふ》えたからね。自分《じぶん》たちの平和は自分《じぶん》たちで守るはずさ。人間たちに、その力は十分備《そな》わっている。」

たけしの言葉は、エッちゃんの心《こころ》に、まるではがねのように強くひびきました。

15 ゆうとたけしの再出発

ある日のこと、青オニのところへ小包《こづつみ》がとどきました。差出人は、「たけし」とあります。

「たけし兄《にい》がなんだろう?」

青オニは首をひねりました。

いそいでつつみをあけると、中から、なつかしいうちでのこづちがでてきました。おとしてから、600年以上《いじょう》の月日がたっていました。

「あっ、母《かあ》さんのかたみだ!」

青オニが、こうふんのあまりうちでのこづちを手にすると、箱の下から白いふうとうがあらわれました。

「手紙だ！」

あわててふうをきると、まっ白いびんせんがとびだしました。手紙を開くと、きちょうめんな文字でこう書いてありました。

「青オニさんへ　長い間、君の大切《たいせつ》なものをおかりしてありがとう。赤オニさんからプレゼントしてもらったが、君の気持ちを考えると返さないわけにはいかなかった。世の中には、もらっていいものと悪いものがある。『お母《かあ》さんのかたみ』。それは、世界中でひとつの宝物《たからもの》。そんな大切《たいせつ》なものを、他人のぼくがもらっていい道理《どうり》がない。それなのに、ぼくときたら、何も考えずもらってしまった。浅《あさ》はかなぼくをゆるしてください。☆追伸《ついしん》　ぼくは、ようやく地球《ちきゅう》の仕事をおえることができました。これからは、自分《じぶん》の力だけで生きてみたいと思っています。ここに、宝物《たからもの》をおかえしします。　たけしより」

青オニは手紙を読むと、目に涙《なみだ》がふくれあがりました。ちょうどその時、赤オニが遊びにやってきました。青オニの涙《なみだ》をみるとおどろいて、

「悲しいことでもあったのかい？」

とたずねました。すると、青オニが首を横にふって、

「たけし兄《にい》が、うちでのこづちを返してくれたんだ。もう二度と、にぎることができないと思ってたのに…。」

と、いいました。

「そんなにうれしいのか？」

「だって母《かあ》さんのかたみだよ。これをにぎると死んだ母《かあ》さんに会える。うれしいのを通りこして最高《さいこう》の気分だ。」

青オニは、涙《なみだ》をふいていいました。

「えっ、だけど、ゆうさんにあげたはずだ。今ごろになってなぜ?」

赤オニはふしぎに思いました。だって、ゆうもたけしもあんなにほしがっていたのです。

「たけしは、自分《じぶん》の仕事がおわったらしい。これからは、うちでのこづちなしで生きてみたいって…。」

青オニは、たけしの手紙を赤オニに見せました。赤オニは、

「うーん」

とうなると顔をまっかにして、

「くっそー、たけし兄《にい》に一本とられた!」

といいました。


同じ日の朝、エッちゃんの家では、さわぎがおこっていました。どうしたのかって? ゆうとたけしがいなくなったのです。いえ、正確にいうと、旅にでたのです。テーブルの上に、置き手紙がありました。

「エッちゃんとジン君へ　今まで、ほんとうにありがとう。会えてよかったと心《こころ》から思っています。ぼくは、ゆうと旅にでることにしました。ここにいては、二人《ふたり》に甘《あま》えてしまうからです。せっかく生まれたので、自分《じぶん》の力をぜひためしてみたいのです。失敗《しっぱい》してもくじけず、ゆめに向《む》かい『限《かぎ》りない挑戦《ちょうせん》!』を続《つづ》けます。ぼくたちはこの世のどこかにいますので、心配しない

でください。☆追伸《ついしん》　丸《まる》先生のような子どもたちに尊敬《そんけい》される先生になりたいと思っています。たけしより」

　エッちゃんは、手紙を読んでがっくりと肩《かた》をおとしました。

「あーあ、ゆうとたけしったらさよならもいわないで行っちゃった。ずっと、一緒《いっしょ》にいられると思ったのに…。」

というと、ぐっとくちびるをかみました。心《こころ》の中に咲《さ》いていた花が、一瞬《いっしゅん》にしてかれてしまった。そんな気分です。

「きっと、顔を見るのがつらかったんだ。ゆうとたけしのこころづかいだ。あんた、そんなこともわからないのか？　まだまだ、修行《しゅぎょう》がたりないね。」

ジンはあきれかえっていいました。

　その時、ドアチャイムがなりました。

「こんな朝早くに、いったいだれかしら？」

エッちゃんが首をかしげドアをあけると、立っていたのは、金色のカーリーヘアーに、ロングドレスをまとったパステル魔女《まじょ》でした。バラ色のドレスには、とびたとうとする白鳥が一羽《いちわ》ししゅうされていました。

「エッちゃん、おはよう。」

パステル魔女《まじょ》はにこっと笑《わら》っていいました。

「どうしたの？　とつぜん。」

エッちゃんは、目をぱちくりさせていいました。

「ついさっき、たけしからテレパシーが送られてきたの。『人間界《にんげんかい》のオニたいじ終了《しゅうりょう》！　ぼくたちは旅に出ます。』ってね。お礼《れい》をいおうと思い、あわててとんできたってわけ。あの二人《ふたり》、まだいる？」

パステル魔女《まじょ》は、いきをはずませていいました。

「もう行っちゃったの。あたしたちもさよならいってない。」

エッちゃんは、手にもっていた手紙を見せました。パステル魔女《まじょ》は手紙を読むと、

「まったく、たけしらしいわね。自分《じぶん》の力をためしてみたいか。すてきなことというじゃない。この世は挑戦《ちょうせん》あるのみ。たけしなら、きっと自分《じぶん》の歩む道をまっしぐらにつきすすんでいくでしょう。それに、ゆうがいるから、心配はいらないわ。あの二人《ふたり》は理想のカップルね。ただ愛《あい》し合ってるだけでなく、お互《たが》いを高め合うことができる。1たす1が2なんかじゃなく10いえいいえ、100くらいになるの。エッちゃんも、そんな運命《うんめい》の人をみつけてね。」

というと、ウインクしました。

「まだ、はやいわ。」

エッちゃんは、ほおをそめていいました。

「ところで、たけしのオニたいじはどんな様子《ようす》だったの？」

「もくもくとやっていたよ。たけしがここにきてから一ヶ月、一日もやすまずにオニたいじをしてた。世界地図を開き、おちのないよう各国《かっこく》を計画的にまわった。始めのころより、ずいぶんやせたみたい。だって、ズボンがゆるくなってベルトに穴《あな》をあけていたもの。」

ジンがいいました。

「朝は、お日さまがまだでていない三時ころでかけて、夜は、お日さまがとっくに沈《しず》んでしまった12時ころ帰宅《きたく》。睡眠《すいみん》はたった三時間くらい。体をこわすんじゃないかと心配したわ。ゆうは、

朝、どんなに早くてもたけしといっしょに起き、夜はどんなに遅《おそ》くても、たけしのために食事をつくってまってた。じつは、あたしたちも、いっしょの生活をしようって思ったけれど、一日も続《つづ》かなかった。」

エッちゃんがはずかしそうにいいました。

「えっ、三時間睡眠《すいみん》？　そんなの無理《むり》にきまってる。エッちゃん、わたしだってできない。でも、ゆうもたけしもさすがだわ。やっぱりかみさまが見込《みこ》んだだけある。たけし、オニたいじありがとう。これで世界平和が実現《じつげん》できる。」

パステル魔女《まじょ》は、レースのカーテンごしに、手をあわせていいました。そして、また続《つづ》けました。

「ただ、世界平和実現《じつげん》のためには、人間たち一人《ひとり》ひとりの努力《どりょく》が必要《ひつよう》だけどね。」

「心《こころ》に住む裁判官《さいばんかん》のがんばりに期待《きたい》しましょう。あたし、人間たちを信《しん》じてる。」

エッちゃんが、遠くをみつめるようにいいました。

「心《こころ》の裁判官《さいばんかん》？」

パステル魔女《まじょ》は、首をかしげました。

エッちゃんはうふふっと笑《わら》うと、たけしのオニたいじの様子《ようす》をくわしく伝《つた》えました。すると、こうふんして、

「たけしったら、まさにかみわざね。オニたいじがこんな方法でなされるなんてびっくりぎょうてん！　常《つね》に予想《よそう》を上まわる。だから、この世は楽しいの。」

と、いいました。

「いれたてのコーヒーいかが？」

パステル魔女《まじょ》は一口いただくと、体中がよろこびでしびれました。全部のみほすと、

「わたし、帰るわ。エッちゃん、ジン君、さようなら。」

といいました。

「まだきたばかりじゃないの。せっかくきたのに、もう少しゆっくりしていって！　朝ごはん、いっしょに食べようよ。」

エッちゃんが、まるでだだをこねるようにいいました。

「ごめん、エッちゃん。さっきの話、とっても感動的だった。すぐ、かみさまにほうこくしたいの。」

というと、パステル魔女《まじょ》は消えました。

「今日《きょう》は、なぜかみんな消えていく。ぶつめつかな？」

エッちゃんが悲しそうにつぶやくと、ジンがバラの花たばをかかえて、

「ぼくがいるじゃないか。それとも、ぼくじゃ不満《ふまん》かい？　おめでとう！」

といいました。

「おめでとう？　今日《きょう》は何の日だっけ？」

エッちゃんが首をかしげると、ジンは、

「あんた、自分《じぶん》のたんじょう日も、わすれちゃったのかい？」

といいました。

「今日《きょう》は2月15日。そうだ！　あたしのたんじょう日よ。あまりの暑《あつ》さで、うっかりしてた。いつもはしんしんと冷《ひ》える冬だもの。」

「だけど、こよみの上では冬だ。」

「ジン、ありがとう。あんた、あたしの最高《さいこう》のあいぼうだわ。」

エッちゃんがいった時、窓《まど》の外に白いものがおちてきました。

かがやかしい雪。それは、天のかみさまからのおくりものでした。パステル魔女《まじょ》から話を聞いたかみさまが、地上にプレゼントしてくれたのでしょうか。その時、季節《きせつ》はこよみ通りになりました。

エッちゃんは、毎晩《まいばん》たからばこの前でじゅもんをとなえます。このはこがあけば、心《こころ》をもった人間になれるのです。

「パパラカホッホ、パパラカホッホ、パパラカホッホ。人間の心《こころ》ってどんなかな？　ホッホッホッホッ、どんな形？　まるかな？　三かくかな？　四角かな？　それともくしざしダンゴ型《がた》？　ホッホッホッホッ、どんな色？　赤青きいろ？　それとも、きらきら光る金銀ホワイト、パールかな？　ホッホッホッホッホッ、心《こころ》の手ざわりどんなかな？　サボテンみたいにとげとげしてる？　それとも、たまごみたいにつるつるしてる？　パパラカホッホ。心の味ってどんなかな？　あまいの？　苦《にが》いの？　しょっぱいの？　パパラカホッホ、ホホホノペッペ。ガラスみたいに落とすとわれる？　それとも、ねんどみたいにびよよーんとのびる？　パパラカホホホッ、パパラカホッホ。人間の心《こころ》にはエンジェルとオニがいた。エンジェルは正義《せいぎ》の味方《みかた》、オニは悪魔《あくま》だけれど、エンジェルだけではストレスたまる。サササノホッホッ、かといって、オニが大きくなりすぎると、世の中は乱《みだ》れてしまう。ホッホッホッホッ、エンジェルとオニのバランスが大事《だいじ》ね。ポポポノサッサ、心《こころ》のみはりは裁判官《さいばんかん》。楽なことにながされず、律《りっ》して生きることが喜《よろこ》びをもたらす。ホッホッ、そのことに気づかせるのが裁判官《さいばんかん》のつとめ。『意志《いし》』の大切《たいせつ》さ。ピピピノサッサ、ピピピノサッサ、たけしが命《いのち》をはって教えてくれたのは、『自分《じぶん》をためすこと』『限《かぎ》りない挑戦《ちょうせん》』。パラリンサッサ、パラリンサッサ、苦労《くろう》の後には福《ふく》きたる。人類《じんるい》の幸《しあわ》せは平和なり。人類《じんるい》の敵《てき》は平和をみだすものすべてなり。サッサッサッサッ、世界平和をめざすため、まず、自分《じぶん》にできることから始めよう。泣《な》いてる子がいたらわけを聞き、道にまよった人がいたら教えてあげる。サッサッサッサッ、それから、からのかびんにやさしい花を生け、多くの人が集《つど》う公園にはラベンダーをうえましょう。パパラカホッホ、パパラカホッホ、あたし、子どもの心《こころ》がわかる本物の先生になりたい。これからも修行《しゅぎょう》をつんで、いつの日かほんものの人間になれますように。パパラカホッホパパラカホッホ、パパラカホッホパパラカホッホ。」

エッちゃんは、たからばこの前で手をあわせました。

今日《きょう》もやっぱりあきません。たからばこのふたは、ぴったりとしまったままです。

さて、ここはこきょうのトンカラ山。

「おめでとう。エッちゃん、また合格《ごうかく》よ。」

魔《ま》女《じょ》ママが、目を丸《まる》くしていいました。

「すごいな、エッちゃん。今までに一度も落ちたことがない。ところで、どんなテストだい?」

パパがたずねました。

「今回のテストは、『人間と魔《ま》女《じょ》・エトセトラスーパーテスト』のよっつ目。魔《ま》女《じょ》たちの間では、けっこうむずかしいとうわさされている。合格率は30パーセントに満たない。ほんとうによくがんばったわ。」

どんな内容かって?

人類《じんるい》の幸《しあわ》せは世界平和である。
そのことに気《き》づき、自分《じぶん》にできることから行動する。

ゆうとたけしは地球《ちきゅう》上のどこかにいます。よりよい生き方を求《もと》め、挑戦《ちょうせん》していることでしょう。針《はり》の刀《かたな》をもっていたら、それは、たけしかもしれません。

♠ エピローグ

じいちゃんをうばい
ばあちゃんを爆破《ばくは》した
父《とう》さんは行方不明《ゆくえふめい》
母《かあ》さんをノイローゼにし
弟はなきむしになった
戦争《せんそう》はいのちという花をむしりとり

ねっこごとひきぬいた

じいちゃんはにわの草取り
ばあちゃんはイヌの散歩
父《とう》さんは会社へいく
母《かあ》さんは食事のしたくをし
弟は外で元気にあそぶ
平和はいのちという花をかがやかせ、
つぼみをたくさんつける

戦争《せんそう》はこわすもの
いたいたしくてざんこくだ
平和はつくるもの
清《きよ》らかではつらつとしている
どちらも人間の意志《いし》
目に見えないからこそ
愛《あい》いっぱいにジャッジしたい

あとがき

3月に卒業生を送り出したと思っていたら、また、6年生の担任になった。クラスには、創作童話に夢中になっている子どもたちがいる。潤君に真帆ちゃんに千里さん、それから、夕香ちゃんに悠里さんに将人君に美冬さんに…。ざっと数えてもなんと7人もいる。『創作ノート』なるものを作り、アイディアがうかぶとメモしたり、気になる新聞記事をきりぬいたりしながらストーリーを組み立てている。さて、肝心のテーマは如何に？　同じクラス故に似てしまうのではないかと思いきや、七人七様。みな、独自の世界を持ち個性的な作品を生み出している。

潤君は1学期に10枚のメルヘンを3作もしあげた。発想の豊かさ、スピード、アイディアは大人の私もかなわない。荒削りの文章のその中に、まばゆい輝きを放つ真珠が眠っている。読んだ後、心の中を興奮台風が吹き荒れる。どうやら、その年齢でしか生み出すことができない作品があるようだ。潤君は、もはや一人前の作家である。2学期になり、日記帳に「心がすっきりしないのでメルヘンに挑戦します」と記されていた。創作活動は潤君にとって、食事と同じように生きるために必要な作業になったようだ。苦笑した。いろんな文学賞が若者の手に渡されている時代だがうなずける話だ。

ある日、真帆ちゃんが耳もとで、「私、魔女先生の作品、全部読んじゃった。はやく次の作品かいて！」とつぶやく。つぶらな瞳でみつめられると、「よし、がんばろう」という勇気をもらう。あのキラキラ光る輝き。子どもの瞳の正体はダイヤなのでは？　と疑ってしまう。いや、しかし、私にはほんものダイヤより尊い。

話は変わって、職場にはたくさんの同僚がいる。本校の自慢ではないが、あきれるほど向上心のある集団だ。なぜ、向上心があるのか？　ズバリ！　愚痴がないのだ。行動基準は目の前の子どもたち。良しとあらば全力を尽くす。どんな困難なことでも、心を合わせプラス思考でやってのける。だから、日々、諸先輩、後輩たちから学ぶ。さまざまな刺激が体を突き抜ける快感は、ジェットコースターに似ている。

運動会前夜には、男性職員が数人泊まる。ひと昔前はよくある話だったが、最近はほとんど聞かなくなった。いいか悪いかは別にして、私はこんな情熱がすきだ。先輩たちが、「教師は淡々と仕事をこなすだけではいけないよ。かけがえのない命をもった生き物相手の仕事なんだ。情熱をもちなさい。」と体で教える。私が学校へ行くと運動会準備は完了していた。本校では、如何に仕事を見つけるかが課題である。

人は生まれたら死ぬ。でも、もしかしたら、魂は生き続けているかもしれない。小さい頃より、何の根拠もないのに漠然とした思いだけを持ち続けていた。「悪いことをすると、来生はヘビになるよ」という言葉が妙に懐かしい。だれもが、一度は考える人間の魂論。霞がかかったような子ども時代の思いにメスを入れ、この童話を書いてみた。

一緒に楽しんでいただけたら幸いです。

☆最後に、みなさんの心の中にいるエンジェルとオニへ

ずっとずっとなかよく同居してね。

追伸

兄さんは私の血液だ。朝から晩まで私の体をサラサラと流れている。不安におそわれた時、困難にぶつかった時、必ず自問自答する。「こんな時、兄さんはどう行動するだろう?」物事の判定基準は兄さんだ。父ほどの年齢なのに、赤子のような真っ赤な血はあきれかえるほど純粋で情熱的だ。愛情に充ち満ちている。ほとばしる血液の流れはとどまることなく、常に新しく生まれ変わっている。生々流転、兄さんの文化が私の体を今日もドクドクと音をたてかけめぐる。

橋立悦子（はしだてえつこ）

本名　横山悦子

1961年、新潟に生まれる。

1982年、千葉県立教員養成所卒業後小学校教諭になる。関宿町立木間ケ瀬小学校、野田市立中央小学校、野田市立福田第一小学校で教鞭をとり、現在、我孫子市立第四小学校勤務。

〈著書〉〈絵本：魔女えほんシリーズ〉　1巻〜10巻。
近刊　11・12巻

〈童話：魔女シリーズ〉1巻〜14巻。

〈絵本：ぼくはココロシリーズ〉1巻〜5巻。

〈ポケット絵本〉「心のものさし—うちの校長先生—」

「幸せのうずまき—あなたにであえて…—」

他に〈子どもの詩心を育む本〉12冊がある。

（いずれも銀の鈴社）

NDC913

橋立悦子　作　　2006

東京　銀の鈴社

208P　21cm（パステル魔女とオニたいじ）

定価＝一二〇〇円＋税

鈴の音童話

パステル魔女《まじょ》とオニたいじ

魔女シリーズNo.14

二〇〇六年三月二十一日（初版）

著　者——橋立悦子 作・絵©

発行者——西野真由美

発　行——㈱銀の鈴社　http://www.ginsuzu.com

〒104-0061 東京都中央区銀座一-五-一三-四F

電話　03（5524）5606

FAX03（5524）5607

ISBN4-87786-734-1 C8093

印刷・電算印刷　製本・渋谷文泉閣